2
勇者パーティーをクビに
なったので故郷に帰ったら、
メンバー全員が
ついてきたんだが
JN067240

「させるか！
そうやってすぐにとっかえひっかえ
男を増やすな!!」
「あら、独占欲発揮しちゃって」
俺の顎を指でなでてきた
お姉さんから
抱き寄せて引き剥がしてくれる
リュシカ。

リュシカ
賢者。パーティーの
お姉さん役だが、
実は甘えたがりな面も。

レキ
勇者。ジンの膝に座り、
髪を編んで
もらう時間が好き。
BRAVE

「ジン、いいよ。髪乾かして」

ユウリ
聖女。あざとい。
ジンをよくからかって
楽しんでいる。
SAINT

「見たくなっちゃいましたか……って、
聞くまでもなさそうですね。
ここに集まっちゃってます、
熱い視線が」

CONTENTS

プロローグ …… 003
Life 2-1 いざ、エルフの里へ …… 016
Life Sub-1 …… 048
Life 2-2 俺の方が愛している …… 062
Life 2-3 【エルフの宝樹】 …… 109
Life Sub-2 …… 133
Life Sub-3 …… 139
Life 2-4 俺はムチムチな太ももが大好きだ …… 145
Life 2-5 みんな誰もが変わっていく …… 179
エピローグ …… 236
Life Sub-4 …… 241
あとがき …… 253

illustration／希　design／AFTERGLOW

勇者パーティーをクビになったので故郷に帰ったら、メンバー全員がついてきたんだが２

木の芽

角川スニーカー文庫
24057

Prologue プロローグ

俺たち勇者パーティーの朝は早い。

魔王を倒して平和が訪れたかと思えば、新たに現れたその後継者。

魔王の娘の存在は瞬く間に世界中に知れ渡った。

となれば、人類の希望である俺たちはいつでも脅威と対峙（たいじ）できるように鍛錬を怠るわけにはいかないからだ。

「ぐっ……！」

「しっかり相手の目を見て。視野を狭くしちゃダメ。全体を捉える感覚を忘れないで」

淡々とアドバイスを送るレキのその攻撃はまるで激流だ。

一手の始まりと終わりが連動しており、息継ぎできる隙がない。

それでいて一撃が重い。

彼女が振るっているのが木刀でなく、真剣だったら……と考えると恐ろしい。

「……うん、次はこれで」

「うおっ⁉」

下から木刀をかち上げられた俺は無防備になる。

対してレキは下から振り上げた木刀を手首を返して、切り返す。

直撃はもらっちゃいけない……！

ここは一歩下がって……！

「違う。ここは一歩踏み込む。下がるよりも避けやすいから」

「うっ……わかった」

俺が下がった分、落ち着いてレキはすぐさま距離を詰めて対応した。

結果として振り下ろされた木刀が肩に叩きつけられて、俺はその場に座り込む。

「二人とも、お疲れ様です。タオルと飲み物をどうぞ」

「ありがとう、ユウリ」

「うまうま」

ゴクゴクとコップに入った果実水を飲み干すレキ。

コップが空になると、すぐにユウリがおかわりを注いでいた。

俺はというと息を整えるので精いっぱいで、かろうじて動く腕で流れる汗をタオルで拭う。

レキとの手合わせは実りも多い分、体に疲労が色濃く出る。

木刀でも一撃の重さが尋常じゃないのでしっかりさばかないと、こうして手先がしびれてしまうのだ。

だからこそ、格上想定としてこれ以上ない練習相手なのだが。

「ジンさん、怪我(けが)はないですか？」

「……ふぅ……ああ。レキがちゃんと手加減してくれているから大丈夫だよ」

「今日はいつもよりギアを一つ上げた。それでも形になっていたから、前より力は付いている。その上で反省点」

そう言って、レキはピンと右手で三本指。左手で二本指を立てた。

「動きながら避けるには一度勢いを殺す必要がある。見る、制止、避ける。三つの行動が必要」

俺が頷(うなず)いたのを確認したレキは次の説明をしてくれる。

「だけど、前に出れば避ける必要がなくなる。見る、動くの二行動でいい。攻撃が当たったとしても打点をずらせるから威力は落ちるし、耐えられる」

それに、と彼女は続ける。

「距離が近くなれば反撃もしやすい。こっちの方が圧倒的にいい」

「前に出る選択肢も必要というわけか……」

「もちろん毎回というわけじゃない。取捨選択は大事」

戦闘中は体も動かすが、頭も回さなければならない。

レキは戦闘中は感覚でとっさに判断することもあるが、こうやって自分の動きや考えを言語化もできるから強いのだ。

センスに関してはいくら欲しても生まれ持ったものだから仕方ない。

ならば、判断にかける時間を減らすために俺はこうやって練習に付き合ってもらって経験の数を増やしている。

俺もグイッと喉を潤して、木刀を杖代わりに立ち上がる。

「……よし、もう一本!」

「ダメ。今日はここまで」

「……？　まだ俺はいけるぞ？」

そう言って、ピョンピョンとその場で跳ねる——が、レキの判断は変わらなかった。

「今日は全体的に動きにキレがなかった。体が回復しきっていない。ユウリ、確認して」

「はーい。というわけで、ジンさんはこっちを見てくださいね」

笑顔のユウリにガッチリと顔を両手で挟まれて、覗き込まれる。

いつもならこのままキス待ち顔になる彼女だが、今日は真剣にいろんな角度から観察していた。

「……ジンさん。もしかして寝不足ですか？」

「寝不足？　……あぁ、そうかもしれない」

「何か思い当たることでも？」

「実は三人と一緒に寝るとなかなか寝付けなくて……」

「なるほど。では、今度から子守歌も歌いましょうか。それに密着度を上げれば温かくなって、きっとすぐ眠れると思います。国王様にはベッドのサイズも小さくしてもらって……」

「ちょっとヒナの処遇で考え事をしていました!!」

「はい。最初から正直にお話ししてくださいね」

軽い冗談のつもりで改善を申し出たが、さらに悪化しそうだったのであっけなく折れた。

でも、あの三人に囲まれた状態で寝ている今もそこそこ影響はしていると思う。

毎晩、俺の理性と本能が戦っている。

結婚を誓い合った仲なのだから『抱いていい。むしろ、抱け』という意見もあるかもしれない。

だけど、俺の信念的に結婚式をちゃんと挙げるまでは手を出さない。

そもそもみんなのご両親に結婚後の挨拶をしていない身の分際で、先に関係を進めるのも良くないだろう。

結婚の許可でさえ、結婚式の計画を立ててからの事後承諾だったのだ。

せめて、肉体関係だけはきちんと筋を通したかった。

「というか、バレていたんだな……」

「ジンさんの性格を考えると、直近の出来事からだとこれくらいかなと」

「そこまで予測精度が高くなっていたのか……」

「私たちだけじゃなくて、リュシカさんもわかっていると思いますよ。ほら、ちょうど来たから聞いてみましょう」

俺たち三人の視線が王城から出てきたリュシカに集まる。

視線を集めた本人はパチクリと目を瞬かせた。

「どうしたんだい？　私の顔になにかついているのかな？」

「違う。ジンの悩みの種が何かわかるかなって」

「ああ、魔王の娘の件かな？」

「鳥肌立ってきちゃった」

彼女は所用を済ませてから出ると言っていたから、ここまでの話の流れを理解していないのに一発で当てられた。

「……そんなに俺ってわかりやすい？」

「私はすぐわかった」

「もう濃い時間を数年間も過ごしていますからね〜」

「だけど、私たちじゃないとわからないだろうね」

「そうか。それを聞いて安心した……ちなみに、みんなはどうしてわかったんだ？」

「「「愛の力（です）（だね）」」」

愛ってすごい。

でも、それだけ大好きだから、ついつい相手をいつも目で追っちゃって普段との違いに気づくんだろうんな。

俺も最近レキが料理長のもとでお菓子作りを習っていたり、ユウリがメイドさんのもとで夜の営みについて勉強していたり、リュシカが隠れて豊胸マッサージをしていたり……いろいろと触れちゃいけないことまで知っているから、やはり俺たちはお似合いの夫婦なのだ。

「ジン？　今よこしまなことを考えなかったかい？　特に私の胸に関する」

「そういえば、リュシカが遅れてくるなんて珍しいな。何かあったのか？」

「……まぁ、いい。ちょっと実家から手紙が届いてね。それを読んでいたんだ」

「実家というと……エルフの里から？」

「そうなるね。一度帰ってきなさいってさ。結婚もそうだけど、指輪の件もあるからね」

代々、【勇者】が結婚する際にはめることができるメオーン王国が守り続けた結婚指輪。

それには長寿族（エルフ）、竜人族（ドラグナー）、獣人族（ビースト）、鋼人族（ドワーフ）、魚人族（マーメイド）。そして、俺たち人類。

六種族が用意した宝石が使用されており、対魔王の誓いの証（あかし）でもあった。

そんな大切な国宝が破壊されてしまったのは記憶に新しい。

壊されてしまったのは指輪だけではなく、俺たちの晴れ舞台である結婚式もぶち壊しになったのだが……。

そして、俺たちは新たに六種族のもとに足を運び、再び結婚指輪を完成させなければ結婚式を行うことができないのだ。

指輪に関しては各国に通達が行っているので、きっと手紙に書かれていたのはそのことについてだろう。

「それもそうだよな。よし！　なら、旅の準備でも」

「その前にジンのお悩み相談の時間じゃないのかい？」

立ち上がろうとしたところをグッと押さえつけられた。

これが愛の力か……。

さっきまでこっそり話を聞いていたって言われても驚かないぞ、俺は。

「ジンさん？　どうして話題を逸らそうとしたんですか？」

「いや、その……今から話すことでみんな嫌な気持ちになるんじゃないかと思って……」

三人とも結婚式をめちゃくちゃにされて、ヒナに関していい感情を抱いていないはずだ。

かくいう俺もその点に関してはまだ許していない。

それに彼女がけしかけたパルルカによって少なくない被害者も出ている。

それらの要素をわかった上で、俺が悩んでいるのは彼女ならば人類と共存できるかもしれないという内容だったからだ。

彼女はまだ子供だった。

悪に染まりきった魔王と違って改心させる余地があるかもしれない。

根拠はある。レキの【罪裁きの聖剣】は相手の精神を……正確には悪意を浄化させる効果がある。

しかし、ヒナには効いていなかった。つまり、彼女は生まれ育った環境が環境なだけに、己の行為に悪意すら抱いていないのかもしれない。

だったら、俺たちがしっかり良いことと悪いことを教えてやればいいんじゃないか。

なによりヒナは俺のことを好いている。

話し合いの場を設けるには、これ以上の条件はないだろう。

それに魔王軍の元幹部だったリリシュナの例だってある。

彼女はちゃんと寄り添い合って、言葉を積み重ねた結果、人類の味方となってくれた。

もしかすればヒナも同じようにこちらに歩み寄ってくれるかもしれない。

——というのを、かいつまんで話したが、三人は無言のままだ。

「というわけだから、もし今度出会った際はもちろん無力化してから話し合いの場を設けたいのですがどうでしょうか……？」

「……レキちゃん。どうしますか？」

「うん、わからせる必要がある」

パキパキと指を鳴らすレキ。

……えっ⁉　殴るほど⁉

「これは仕方ないね。私も加勢しよう」

「ジン。どれくらいの強さがいい？」

「……や、優しくしてください」

「わかった」

や、やっぱり流石に討伐しないというのは無理なお願いだったか……⁉

瞳を閉じて裁きの瞬間を待つ。

――ムニュ。

しかし、伝わってきたのは到底殴られた衝撃とは全く違うものだった。

……三人に抱きしめられている。

「ジンはそんなことで私たちが怒ると思ったんだ？」

「それは悲しいですね。私たちはジンさんのそんな優しさが大好きですのに」

「大丈夫。私たちはジンがした選択なら反対しないよ」

「…………みんな」

……俺はバカだった。

どうして一人で胸の内にしまい込んでしまったのだろうか。

俺は彼女たちの優しさを、懐の大きさを知っていたはずなのに。

「……ごめん。もっと早く言っておくべきだった」

「いいよ。ちゃんとわかったなら」

「ジンさんが私たちを想って、なるべく表に出さないようにしてたのもわかっています」

「でも、私たちは支えて、支えられて……そういう仲じゃないか。夫婦なんだから」

三人の温かい言葉が胸にすっと染み込んでいく。

最高の人を、それも三人もお嫁さんにもらうことができて改めて俺は幸せ者だと思った。

「……でも、私たちにも許せないことがある」

「もし、彼女とも結婚すると言ったら」

「……ふふっ、その時は覚悟しておくように」

「だ、大丈夫！　絶対にそれはないから！　だから、レキはもうちょっと腕の力を弱めてくれ！」

メキメキと鳴ってはいけない音がし始めたが、腕をタップすると三人から解放される。

はぁ……疲れた……。

抱えていたことを洗いざらい出せてホッとしたのか、さっきよりも疲労を感じてその場に寝転がる。

すると、ひょいっと目線が高くなる。

見やれば、レキが俺を抱き上げていた。

「じゃあ、ジンはもう一回寝る。運んであげるから」

「その前に汗を流さないといけないな。し、仕方ないから、私が手伝うとしよう」

「では、寝かしつけは私の役目ですね。任せてください」

「大丈夫！　元気出てきた！　だから、下ろしてくれ！」

こうして俺はレキにお姫様抱っこをされたまま、王城内ですれ違う人たちみんなに見られて、部屋まで運ばれるのであった。

Life 2-1 いざ、エルフの里へ

世の中には不思議なことがたくさんある。

俺もまた今までにない未知の経験をしていた。

「ふへへ……ジンさん」

「んんん？!!　んんん？!!!」

同じ部屋、同じベッド。

変わらない環境に身を置いているのにユウリ——声でわかる——は満面の笑みを浮かべていて、俺は死にそうな声を上げている。

正反対の反応。

なぜそのような状況になっているのか。

答えは簡単。俺がユウリの豊満な胸に抱きしめられているからである。

最初は息苦しさを感じて、目を開いたら暗闇だった。

だんだん意識が覚醒すると息苦しさを感じて、甘い香りに包まれる。

天国と地獄が交互にやってくる感じにうめきながら、かれこれ数分が経っていた。

「んっ！　んっ！」

いよいよ、本当に意識が飛んでしまう。

起こそうとユウリの背中を何度も叩く。

「もう……そんなジンさん。お尻を叩くプレイだなんて……」

これはもう絶対寝言じゃない！　起きてるよね⁉

ユウリも流石に俺の命の危機をそのままにするつもりはないらしく、その拘束は名残惜しげにほどかれた。

あぁ……空気が美味しい……。

「ふふっ、おはようございます、ジンさん。良い目覚めでしたか？」

「……死ぬかと思った」

「私のふかふか枕、気持ちよくなかったですか？」

「うぐっ……」

ぎゅっと豊満なおっぱいを腕で寄せ、ユウリは上目遣いで問いかけてくる。

くっ……視線誘導がなんて上手なんだ。

ユウリと目線を合わせようとすると、自然と視界にタプンと主張された胸が入ってくる。

ふっ……流石だな、ユウリ。

しかし、俺はもう以前までの情けない男じゃない。プロポーズにまで至った相手となれば、こちらからも攻めさせてもらおう……！

「あぁ、最高だったぞ。天にも昇るようだった」

もう昔の俺とは違うんだ。

ユウリからすればからかって照れさせたかったのだろうが、今度は俺が照れさせる番だ。

ユウリの照れる表情はずっと旅をしてきた俺たちでさえ滅多に見られない。

さぁ、見せてくれ。恥じらう君の姿を――

「お気に召していただけたみたいで……じゃあ、もう一回ぎゅってします？」

「ごめんなさい！　許してください！」

――ダメだった。

俺の言葉を逆手にとってカウンターを仕掛けてきた。

こう返されては俺としてはもう打てる手はない。

そもそもこういった恋愛の駆け引きにおいて圧倒的強者であるユウリに挑んだのが間違いだったのだ。

俺は即座に体勢を整え直し、額をベッドにすりつけた。

「うふふ。私は全然触っていただいても構わなかったんですけど……ジンさんがかわいそうですし、ここまでにしておきましょう」

どうやら許しが出たらしい。

顔を上げて見たユウリの肌はテカテカと一段とハリが出ているような気がした。

このやりとりをお気に召したようで、なにより。

「それにレキちゃんやリュシカさんたちも待っていますし、ジンさんも着替えてダイニングルームに」

「……え？　もうそんな時間？」

「はい。すっかりジンさんが眠れるようになっていて安心しました」

そう言って微笑(ほほえ)むユウリの服装もすでにパジャマではなく、正装になっていることに気づく。

確かに俺があれだけユウリと絡んでいて誰の声も割って入ってこないことに違和感はあった。

レキとリュシカがいたなら、あのような密着を許すわけがない。それに関してははっきりと自信がある。そんなことに自信があるのもどうかと思うが。

……思い出した。確か早朝練習をした後、睡眠不足を解消するために贅沢(ぜいたく)にも二度寝を敢行したんだった。

……ということは、本当に俺を寝かしつけてくれたのか、ユウリ……。

あの母性の塊に抱きしめられていたおかげで安眠できた部分もあるのかもしれない。

「……ありがとう、ユウリ。ふかふか枕、すごくよかったよ」

「……ジンさん。まだ寝足りませんか？」

「ちゃんと意識は目覚めてるよ。らしくないことを言った自覚はあるけど……」

「うふふ、冗談です。また今度してあげますね？」

「いや、しばらくは遠慮しようかな……」

毎回だと俺の理性が保ちそうにないし……習慣になってしまったら俺はユウリのおっぱいがないと寝られない体になってしまう。

「すぐに着替えるからユウリも先に行っててくれ」

「いいえ、私はここにいます」

「いや、今から着替えるんだけど……」

「はい。ですので、じっくりと見ておこうかと」

ここまで堂々としたのぞき宣言があっただろうか。

男の俺よりも男気を感じる。

ユウリはてこでも動くつもりはないらしい。

言葉に含まれた圧を感じれば、誰にだってわかるくらい意志が固い様子なので放置することにした。

愛を誓い合った仲だから別に恥ずかしがることでもないし、まぁいいだろう。

「…………」

シュルリと一枚ずつ身に纏った布を脱いでいき、下着一枚だけになる。

誰かのゴクリとつばを飲み込む音がやけに響いたので、思わず突っ込んだ。

「……ユウリ？　そんなに食い入るように見るほど立派な体でもないぞ？」

「いえ、私にとってはこれ以上ないほど絶景ですよ。気になさらず、着替えの続きをどうぞ」

「そ、そっか」

彼女たちの夫になる覚悟として、自分にできる限りは要望を叶えてあげたいという気持ちがある。

俺の裸程度でユウリの欲求が満たされるのであれば喜んで見せようではないか。

いつも通りに着替えを終えた俺は恍惚とした表情を浮かべるユウリへと声をかける。

「終わったよ。……大丈夫か、ユウリ？　トリップしてない？」

「もちろん正気です。だって、ジンさんの鍛え上げられた筋肉を目に焼き付ける必要がありますから。グへへ……朝から良い思いができて、私は幸せ者ですね」

「女の子が出しちゃダメな声が漏れ出てるぞ、ユウリ」

「私はもう嫁ぎ先が決まっているので問題ありません！　さぁ、二人を待たせすぎても怒られそうですし、早く行きましょうか」

ユウリは豊満な胸を押しつけるように腕を絡めて、歩く。

このおっぱいの感触にも慣れた。慣れたつもりなんだが……それでもドギマギしてしまうのはユウリが可愛い女の子だからだろう。

「それにしてもジンさんの体、ずいぶんと立派になりましたね。特訓の成果あり、といったところでしょうか」

「おかげさまでね。毎日、あれだけ激しい手合わせを繰り返しているかいがあったよ」

先日の魔王の娘・ヒナによる王都襲撃事件。

少なくない犠牲を出した彼女は部下のパルルカ共に打ち倒した——と思っていたが、レキによると完全に滅してはいないとのこと。

ならば、第二の襲撃があってもおかしくない。

その際に備えて、改めて俺もこれまで以上に自分のトレーニングに励むことにしたのだ。

仮想敵は魔王軍幹部。ということで、レキが対戦相手を務めてくれている。

レキとの手合わせは想像以上に肉体を成長させてくれているらしい。

隙あらば俺の裸を見ようとするユウリが言ってくれたのだから間違いないだろう。

「これからももっと頑張っていかないとな。もう少し鍛錬を厳しくしたりとか――」

「ダメです。確かに悩み事を抱えていたとはいえ、それでもたくさんの睡眠を体が欲しているんです。無理をすれば体力が保たなくなっちゃいますよ」

「うっ……そこを突かれると弱いな……」

レキとの、【勇者】との実戦形式での組み手は想像以上に肉体的負担が強いらしく、ユウリの言う通り最近の俺は早寝遅起きになる日が増えていた。

密度の濃い時間を過ごせている証拠だから喜ぶべきなのだろうが、睡眠時間を多く確保しないと体の回復が間に合わないのも事実だ。

それに加えて、ヒナに関する悩みも抱えていたので……俺は睡眠不足に陥り、ここまで二度寝をしていた。

「慌てる必要はありません。この間だってちゃんと魔王軍幹部を単独で追い払えていましたし、一歩ずつ着実に成長していきましょう」

「……ごめん。ちょっと気が急いていたな」

「ジンさんがそれだけ頑張ってくれていることが私たちは嬉しいですから、お気にならさずに。レキちゃんたちもきっと私と同じことを言うと思います」

「ああ、間違いない。みんな優しいからな」

それからは話題も切り替わって、ユウリが先ほどパンツを見た代わりに自分の下着の色を教えようとする一幕があったが、なんとかいなしてダイニングルームまでたどり着いた。

扉を開けるとすでに食事が始まっており、テーブルにはたくさんのお皿が並んでいる。

料理が載っていた形跡が見られる空き皿もたくさん。

もうお昼過ぎくらいの時間。だというのに料理を運ぶ人で出入りは騒がしく、その原因が席に着いている幼馴染であるのは一目瞭然だった。

「おはよう、レキ。今日もいっぱい食べてるな」

「……！」

俺に気づいた彼女は手に持っていた大きなチキンを魔法のように一瞬で骨だけにして、口を開く。

「おはよう、ジン。いっぱい栄養を付けようと思って」

そう言う彼女はまた一本、チキンの消滅魔法を披露してくれた。

その小さな口でどうやって食べているのかよく理解できないが、「まぁ、レキだから……」で全て納得いくのが彼女たる所以(ゆえん)。

俺たちの常識外にあるからこそ、【勇者】に選ばれたのだろう。

【勇者】としての力を振るうためには大量のエネルギーを消費するらしく、ここ連日レキの食事量はすごいことになっていた。

つまり、俺の特訓に付き合ってくれているからなので、毎日大量の食事を用意してくれる国王(ウルヴアルト)様には頭が上がらないな。

『構わん、構わん！　可愛い孫のレベルアップにつながるんじゃからの！』

こう言ってくれているのがせめてもの救いである。

「ほら、レキ。口の周りにソースが付いてしまっているよ」

「ん」

「……よし、拭けた」

レキの口元を拭ってくれたのは頼れるみんなのお姉さんであるリュシカ。

彼女はすでに朝食を終えたようで、先ほどからこうしてレキの面倒を見てくれていたようだ。

「おはよう、リュシカ」

「ああ、おはよう。私には挨拶をくれないのかとハラハラしてしまったよ」

「まさかそんなわけないだろう」

「ふふっ、そうだね。それも知っているさ」

挨拶を交わして、俺はレキの隣に。ユウリはリュシカの隣へと席に着く。

「ごめん、待たせた」

「別に構わないさ。それにちょうど私たちも話し合いをしていたからね」

「話し合い？」

「ああ、今後に関わること。……だけど、それも食事を終えてからにしよう。せっかくのスープが冷めてしまうよ」

俺とユウリの前に甘みのある野菜をすりつぶして作られた黄色のスープが運ばれた。

食欲をそそる匂いに思わず笑みがこぼれる。

「それじゃあ、悪いけど遠慮なく」

「「いただきます」」

ユウリと共に食材への感謝の言葉を述べて、美味しい料理に舌鼓を打つ。

他愛ないことを談笑しながら、楽しい一日が始まった。

「ふぅ……いっぱい食べた。満足」

レキがぷっくりと膨らんだお腹をさする。

大げさな表現でもなく、本当にお腹が出ている。

しかし、あと一時間もしないうちに全て消化し終えるので問題はない。

ユウリやリュシカが初見の際に信じられないものを見る目で見ていたのが懐かしいな。

今では全く意に介さず、食後のお茶を楽しんでいるが。

「それで話は戻すけど、何について話し合っていたんだ？」

彼女は今後に関わることと言っていた……。となると、自分の方でもおおよその見当はつくが。

「私たちの新たな旅路の最初の目的地についてかな」

俺たちは王城、いや、王都を巻き込んで盛大な結婚式を挙げた。

リュシカの口から出た議題はその予想通りだった。

にもかかわらず、彼女たちの薬指にも俺の薬指にも指輪ははめられていない。

なぜならば、ヒナによって粉々に砕かれてしまったから。

そして、その指輪は魔族に対抗する六種族の想いが込められた、代々【勇者】のみが受け継いできたとても大切なものだった。

結婚式もヒナたちの乱入によって中途半端。

国宝とも言える指輪も破損。

そこで俺たちは指輪の作製のため魔王討伐の旅と同じように、再び各種族のもとへ訪れる予定になっていた。

「そういえば全然まとまっていなかったっけ。どこか希望の候補地があるのか？」

「うん。というより、ほとんど決まった。あとはジン次第だね」

「私たちは最初はリュシカさんの故郷である大森林・エルフの里が最適だと判断しました」

ユウリがピッと二本指を立てる。

「理由としては、エルフの里はその場所が隠匿されているので安全という点。あと――」

「――私の家族にも報告しないといけないからね。ジンと、け、結婚したと」

そう言って、リュシカは一通の封筒を差し出す。

それが彼女が今朝、言っていた家族からの催促の手紙なのだろう。

「ハハッ、なるほど。それは大切なことだ」

だとすれば、俺が反対する理由はないな。

それに大切な娘さんをもらうのだから、俺もなるべく早く挨拶をしたいとは思っていた。

そういう点ではもう一人、聞いておかないといけない相手がいる。

「そういえばユウリの方には挨拶に行かなくていいのかな」

「私は後回しで構いませんよ。今はまだあそこに帰りたくありませんし」

ほんの一瞬、表情に差し込む憂い。

「それにさっさと指輪を作り直して、早くジンさんと楽しい楽しい蜜月を過ごす方が大優先ですし！」

だけど、それも一瞬でいつもの彼女の表情に戻る。

……うん、ユウリがそう言うなら俺としても問題はない。

彼女が本当に悩んだ時はちゃんと俺に相談してくれるのはわかっているから。

旅をする中で互いを理解して、そういう信頼を培ってきた。

だから、彼女が後回しでいいと言うなら俺もそれを受け入れるだけ。

「じゃあ、エルフの里で決まりだな。すぐに準備する」

「それなら必要ない。ジンの装備はもう持ってきた」

「……行動が迅速で助かるよ、レキ」

俺たちが話している間、無言だと思っていたがレキはどうやら部屋に戻って俺の装備を取りに行ってくれていたらしい。

先ほどまで膨らんでいたお腹はすでに平常時の状態にまで戻っていた。

世の中の女性が知れば羨ましがる消化吸収の早さである。

「今回は前と違って転移魔法を使って、直接エルフの里に向かうから特に旅の用意もいらないし、装備が整ったならさっそく行こうか」

「あっ、ちょっと待ってくれ」

「どうかしましたか、ジンさん。やっぱりおっぱいが恋しくなっちゃいましたか？」

「ユウリの中で俺ってどういう評価されてるの？　そうじゃなくて行く前にウルヴァルト様に挨拶しておかないと……後々、な？」

「「「あー……」」」

三人とも容易に想像できたのだろう。

ウルヴァルト様がすねて、泣きじゃくる姿を。

納得した様子で頷き返してくれた彼女たちと共に、執務をこなしているだろうウルヴァルト様のもとを訪れることにした。

◇　◇　◇　◇　◇

「うむ。気をつけて行ってくるんじゃぞ。前の魔王の娘の一件もある。他にどんな敵が隠れているかもわからん」

「お気遣いありがとうございます。頼もしい仲間がいますからご安心を」

「もし私たちの不在中に非常事態があればすぐに連絡するんだぞ、ウルヴァルト」

「わかっておる。……リスティアよ。指輪のためにもしっかりと族長と仲良くするんじゃぞ」

「わかっているさ。歴代の【勇者】様の想いを無下にしないよう、精いっぱい頑張るよ」

「国王。お小遣いちょうだい。いっぱいだと嬉しい」

「おぬしはもう少し遠慮せんか！　ほれ！　これで十分じゃろ！」

――という一幕を挟み、俺たちは自室でエルフの里へ転移するための最終確認を行っていた。

以前は湧いた魔物を討伐し、治安の改善を図る必要があったが今回の旅路は違う。

すでに魔王は討たれ、各国の治安状況もずいぶんと良化した。

故にこうして転移魔法を使い、足をクタクタにさせる必要もなく目的地までたどり着けるわけだ。

「国王、いっぱいお金くれた。これでいっぱい食べられる」

んふーと鼻息を荒くしているレキ。

手渡された革袋には明らかに必要以上の金貨がぎっしりと詰まっていた。

ウルヴァルト様はなんだかんだレキにも甘い。

「相変わらずおじいちゃんをやっている。そもそもお金の心配はいらないというのに」

「国王様もレキちゃんを可愛がっているだけですね」

口元に手を添え、苦笑を浮かべるユウリ。

それもそのはず。エルフの里を束ねる族長は何を隠そうリュシカのお父さんだからだ。

リュシカはそこの末女である。

確かお姉さんとお兄さんが一人ずついるんだったか。

実を言うと俺たちは族長以外とは顔を合わせたことがない。

だけど、一つだけはっきりしているのはみんな愉快な性格だということ。

お酒が入ると、リュシカはよく家族の愚痴をこぼしていたからな……。

彼女が実直に魔法一筋に打ち込むようになったのも兄姉みたいにならないようにと思ったかららしいし……。

「みんな、しっかり魔法陣の上にいるかい？　私からはぐれたらエルフの里には入れないから気をつけてほしい」

エルフの里はエルフにしかわからないように秘匿されており、訪れる方法は転移魔法に限られている。

これも魔王軍からの攻撃を避けるために必要な措置なのだ。

故にこのメンバーでたどり着けるのは同じエルフであるリュシカのみ。

「それならこうしておけば安心」

そう言って、レキが魔法陣の中心にいるリュシカに抱きつく。

「あら、それは良い案ですね。私もお邪魔してっと」

「……ユウリ。あんまりひっつかないでくれ。その脂肪の塊は不愉快だ」

「すごい辛辣⁉」

レキに続いてユウリも抱きつくと、リュシカはとんでもなく冷たい目で彼女——正確には押し潰されて形を変えた乳——を見ていた。

……で、三人中二人がリュシカに抱きついたとなれば……。

「ご、ごほんっ。ジンは……こ、来ないのか？」

当然、俺もその流れには逆らえない。

レキとユウリもニヤニヤとイタズラが決まった子供のような笑みを浮かべている。

なにせ二人がリュシカの左右を固めているのだ。

空いているのは正面か後方だけ。

そして、リュシカは両手を広げてこちらを待っている。

ここまでお膳立てされて何もしないのは男が廃る。

「痛かったら言ってくれ」

俺は歩を進めて、リュシカの背中へと腕を回した。

心が落ち着く雅な香りが鼻腔をくすぐる。

リュシカは少し身長が高い分、ちょうど腕の中に収まりがいい。

「だ、大丈夫だ！　す、すごく心地いい！」

「……リュシカさんが魔法を失敗しないか、そっちの方が心配になってきましたね」

「失敗したら一生笑う」

「し、心配しなくていいから！　じゃあ、行くぞ!?　せーのっ！」

部屋中を満たす光に俺たちの視界も染まっていき、転移魔法独特の体が酔う感覚に襲われるのであった。

◇◇◇◇◇

まばゆい光が天から降り注ぐ。

川のせせらぎ。小鳥のさえずりが聞こえるくらいに静かな空間。

なにより四方八方、どこを見渡しても広がる緑、緑、緑。

自然の、木の葉の香りが肺を満たした。

「……空気が美味(おい)しい」

都市としての名前もない。土地として知る者も限られている。

だけど……。

「……壮観ですね」

悠久の年月もの間、支えてきた大地。荘厳な雰囲気を放つ巨木。涸(か)れることなく流れ続けた水流。

それらに自我はないはずなのに、確かに感じる生命の鼓動。

そして、この瞳に映る全ての自然が彼ら彼女ら(エルフ)のもの。

全ての種族の中で、最も自然を愛し、自然に愛される者たち。

「ここがエルフの里、か……」

知識としてはあったが、やはり肌で直接感じると圧倒的に印象が違った。

なるほど。自分という存在が矮小(わいしょう)に思えてくるな。

リュシカの家族だからと少しばかり気が緩んでいたかもしれない。

全てのエルフを束ねるトップとお話をしに行くのだ。

娘さんと結婚させていただきました、と。

俺たちの幸せの証となる指輪の作製にご協力ください、と。

……ふぅ。急にお腹が痛くなってきたな……。

「そんなに緊張しなくとも大丈夫だよ、ジン。きっとあなたが思っているほど、私の父は立派な性格をしていないから」

リュシカの慰めがありがたい……。

きっと俺の不安を和らげるためにそう言ってくれているのだろう。

「自信満々の方がいい。気合い、入れてあげる」

「っ……!?」

バシンとレキの張り手が背中に炸裂し、丸まりかけていた背筋がピンと伸びる。

思ったより痛い……！

けど、確かに気合いは充填された。

「……ありがとう、二人とも。大丈夫。俺は君の夫としてしっかり挨拶するよ」

そうだ。娘が連れてきた男がなよなよしていたら余計に悪い印象を与えてしまう。

しゃんと胸を張って、安心感を持ってもらわないと。

「それでリュシカさん。ここから私たちはどうすればいいのでしょう？　さっそくご挨拶に向かいます？」

「もう少し待っていてくれるかい？　おそらく誰がやってきたのか確認しに門番役が……ほら、来た」

リュシカが指さす先に目を向けると、一人の男性がこちらに向かって飛んでくるのがわかった。

しっかりと装備を整えているし、彼がリュシカの言う門番の役割を果たしている人物なのだろう。

なにやら笑顔でこちらに向かって手を振っている。それもかなり大きく、ブンブンと。

もしかしたらリュシカの知り合いなのかもしれないな。

そう思って、隣にいる彼女に目をやると——

「…………ちっ!!」

——すごく恐ろしい形相をしていた。

しかめ面になり、舌打ちまでするなんて……こんなリュシカは見たことがない。

レキやユウリも驚いており、俺たちは視線をもう一度男性エルフへと戻す。

……特におかしいところはないと思うのだが、何か因縁でも……。

「おかえり、俺の愛しい妹よ！　リュシカの大好きなゲインお兄ちゃんが迎えに来たぞ

～!!」

……ありそうだな、これは。

いや、まぁ、久しぶりに妹と会えて嬉しさのあまり、ちょっと過剰表現になっているだけかもしれないし。

まだこれだけで判断するには早いだろう。

……もうすでにリュシカが発してるオーラがとんでもないけれど。

リュシカと同じ黒髪を三つ編みにして束ねた彼はふわりと着地する。

一瞬の静寂が場を包み、面を上げたゲインお兄ちゃんと名乗った彼が取った行動。

「さぁ、リュシカちゃん！　お兄ちゃんと再会のハグをしよう！　ラブラブチュッチュがいいかな!?」

「帰省早々抱きついてくるな！」

「ぐべらぶぁ!?」

それはリュシカに飛びつき、顔面をグーで殴られて吹き飛ぶというものだった。

これが魔法を極めし、全種族の叡智とも言われるエルフかぁ。

……申し訳ないけれど少しばかりイメージが変わってしまいそうだ。

俺もユウリもあっけにとられて、苦笑いを浮かべることしかできない。

なんとも言えない雰囲気の中、レキがクイクイッと服の裾を引っ張る。

「私はジンがこのテンションで迎えてくれたら嬉しい」

「えっ、そうなのか？」

「うん。ラブラブチュッチュしたい。……しよ？」

「今ここで⁉　あっ、こら、離して……力強い……‼」

「こっちはこっちで……カオスですねぇ。ほら、レキちゃん。そういうのは夜になってからしましょうね」

「むぅ……」

「た、助かった……」

ユウリが引き剝がしてくれたおかげで、なんとか初対面の人の前でキスを晒すという恥ずかしい思いをせずに済んだ。

流石にそこまでの胆力はまだついていないので許してほしい。

こちらはこちらで。あちらはあちらではしゃいでいると片がついたらしく、リュシカはパンパンと手についた汚れを払っていた。

あれ？　お兄さんの頭から血、出てない？　大丈夫？

「三人とも、お待たせしてしまってすまない。もう私たちがやってきたとわかったはずだから移動しよう。私が族長のもとに……つまり私の実家だな。案内するから」

「えっと……いいのか？　お兄さんは……」

「ああ、違うよ。アレは……そう、粗大ゴミだ。だから問題ない」

「「「えぇ……」」」

「さぁ、アレが起き上がる前にさっさと移動しよう。うん、それがいい」

思い切り殴ってスッキリした笑顔のリュシカは何事もなかったように話を進める。

あんなにも優しいリュシカにここまで言わせるとは、あの暫定お兄さんは一体過去に何をやらかしたのだろうか。

ユウリがリュシカの胸をまな板いじりしても、こんなに怒ったことはなかったぞ……。

俺たち三人は顔を見合わせるも、兄妹(きょうだい)間に何があったのか詳細は知らないのでリュシカについていくことにした。

……そういえばリュシカはさっき自分の父は立派な性格をしていないと言っていたな……。

謙遜だと思っていたが……いや、まさかな？

ちらりと地面に倒れ伏している暫定お兄さんを見やる。

すると、すでに立ち上がっており、全速力でこちらに向かってダッシュしていた。

「うぉっ⁉」

「ジンさん？　どうかした――ひぃっ⁉」

「……あれじゃエルフじゃなくてゾンビ」

「もっとしっかり殴っておけばよかった……！」

俺の声で迫る彼の姿に気づいたリュシカが戦闘態勢に入る。

本気の戦闘でしか使わない【賢者の杖（つえ）】まで取り出す始末。

「待って、リュシカ」

そんな彼女の腕を止めたのは意外にもレキだった。

「家族はとても大切。無下にするのはよくない」

「レキ……」

「そうだぞ、リュシカ。というわけでお兄さんも止まってください……！」

「貴様にお兄さんと呼ばれる筋合いはない……！」

「勢い増した⁉　ぐぉぉぉぉ……！」

俺は二人の間に立って暫定お兄さんを食い止めた。

衝撃が体に襲いかかるが、レキとの特訓に比べると余裕を持って対処できる。

ほんの少し後ずさるだけで、暫定お兄さんの突撃は止まった。

……ふぅ、第一印象が肝心。

とりあえずリュシカを守る力強さは、少しアピールできたのではないだろうか。

笑顔を作って、穏やかな声で……。

「初めまして、自分はジン・ガイスト。リュシカさんと結婚させていただいて」

「喋りかけてくるな、この盗人がぁ！」

強烈すぎる挨拶……！

あれだけの妹大好きっぷりを見せてくれたから、なんとなく予想はできていたけど、まんまその通りに来るとは。

だが、こちとらもっと濃い性格をしておる奥さん三人を毎日相手取っているのだ。

これくらいなんともない……！

「ん。私の大切な家族をバカにした。処罰する」

「木っ端微塵に切り刻んでもいいぞ」

「わかった」

「二人も頼むから落ち着いてくれない!?　俺なら全然大丈夫だから！」

「無理。ジンをバカにした罪は重い」

「どいてくれ、ジン。でないと、そいつを殴れない」

「貴様……いつまで俺とリュシカの間を遮る。愛しあう兄妹の再会を邪魔するなぁ！」

「前も後ろも圧がすごい……！」

クッ……このままじゃ本当に戦闘が勃発してしまうぞ……！

お兄さんも俺に殺意マシマシでぶつけてくるし、レキたちもお兄さんに怒気を全力で向けている。

そして、その間に挟まれる俺は両方の気を受けて、魔王軍幹部と対決しているのかと錯覚するくらいの緊張を感じていた。

お互い強者だからタチが悪いよ……！

どうする？　どうやってこの場を収める？

こうなったら俺のジャンピング土下座を披露するしか――

「あぁ、女神よ。荒ぶる民を鎮めたまえ。平常を、安らかな眠りを。何にも怯(おび)えず、恐れず、ただ安らかなひと時を――【眠り唄】」

お兄さんの頭上から降り注ぐキラキラした光の粒子。

【聖女】の加護を持つユウリが場が収まらないと判断して、その力を発動させる。

「いったい何をぉぉ……ぐぅ……ぐぅ……」

その瞬間、目の前で血眼になっていたお兄さんからふと力が抜けて、豪快に後ろへと倒れ込む。

……大丈夫かな？　いま明らかに出てはいけない音が頭部からしたけど……。

だが、いびきをかいて起きる様子もない。

……どうやら無事に事を収めることに成功したみたいだ。

「……ふう、ありがとう、ユウリ。おかげで大事に発展しなかったよ」

「いえいえ。こういう場合は私の出番ですからね」

「あはは……」

ユウリの言葉に愛想笑いで返す。

今回ばかりは何も言えない。レキもリュシカも戦闘態勢に入っていたからな……。

ユウリは普段は変態だがまじめな場面では、しっかり状況を俯瞰（ふかん）して冷静にフォローしてくれるので本当に助かる。

「やだ、ジンさん。いつも気配り上手（じょうず）な奥さんだなんて……照れちゃいますよ」

「うん、ありがとう。ユウリは俺の自慢の奥さんだよ」

「えっ、あ、はい……」

内心を読まれた上にいろいろと付け加えられているけど、おおまかには合っているので訂正もいらないだろう。

「それで……この人は本当にお兄さんで合っているよね？　リュシカのストーカーとかじゃない？」

「……ああ、心底認めるのも嫌だが……間違いない。きちんと血のつながっている私の兄――ゲイン・エル・リスティアだ」

眉をひそめ、嫌悪感を込めたまなざしで眠っているお兄さんを見やるリュシカ。

どうも俺とレキのような良好な関係ではないらしい。

だからといって、本気で嫌っているわけじゃなさそうだけど。

本当に嫌っている人物には、こんな優しい対応はしない。それはレキの両親とレキの扱いでぶつかった時に一度味わっている。

あっ、こらっ、レキ。【聖剣】の剣先でつつかないの。……えっ、ブスブス刺さってない？

なんで誰も止めようとしないの！

「……で、だ」

俺はレキを後ろから抱きかかえながら、リュシカに視線を送る。

ここはエルフの慣習をよく知る彼女に任せた方がいいだろう。

「どうするか、ですね。ここはリュシカさんに判断を仰ぎたいのですが……」

「……仕方ない。縛って一緒に実家まで連れ帰ろう」

そう言ってリュシカが【賢者の杖】を振るうと、蔓（つる）が縄のように絡みついてお兄さんを縛り付ける。

両手両足だけでいいのに、全身をグルグル巻きにしていた。まるでミノムシみたいだな……。

これでは道中に目が覚めたとしても暴れることはできないだろう。

「レキ。悪いけど運んでくれるかい？　いちばん力があるのはレキだから」

「ん。わかった」

ひょいっと米俵を担ぐように肩で持つレキ。

「それじゃあ、行こう。……もう一度言っておくけど、うちの実家はこういうのがゴロゴロいるから……その、気を引き締めておいてくれると嬉しい」

切実な表情で忠告してくれるリュシカ。

リュシカも大変な思いをしていたんだなぁと思いながら、憂鬱そうな足取りで先導するリュシカに続くのであった。

「ただいま戻りましたわ、お父様。お話があるのですが、ヒナはジン様と結婚することに決めました。手に入れ次第、結婚式を挙げますので準備をお願いいたしますね？」

「……待ってくれ、ヒナ。一向に話の全貌が見えてこないんだが……」

執務室で書類仕事をしていたお父様が頭を抱えている。

いけませんわ。ヒナってば興奮のあまり、事情を説明するのを省いてしまいました。

ジン様をあの忌々しき勇者パーティーから救おうと結婚式に乱入したのはいいものの、まさか敗北するなんて……。

それもジン様の正妻候補……つまり、ヒナのライバルである【勇者】の一撃によってそれはもう遠くへと吹き飛ばされた。

「それにどうしたんだ、その傷……。ずいぶんと過酷な旅路だったみたいだが……」

「いろいろとあったので順を追ってお話ししますわね。どこから話しましょうか……」

お父様の言う通り、お気に入りのドレスもボロボロ。

なんとかここまで帰ってこられたのも奇跡ですわね……。

なんてったって、ヒナ……方向音痴ですもの！

「実はヒナ、王都まで繰り出していたのですが」

「うん、それも初耳だね」

「そこでジン様という……素晴らしい殿方に一目惚れしましたの！」

「……それで？」

「しかし、残念ながらジン様は勇者パーティーの一員でして……それもパーティーメンバーと結婚式を挙げる前でしたの……」

「勇者パーティー？　ちょっと待ってほしい、ヒナ。私に一呼吸置く余裕をくれないか」

「なので、結婚式をぶっ壊してきましたわ！」

「そんな予感がしたよ！　おぉ……せっかく人類と共存しようと頑張っていたのに……！」

お父様はシクシクと涙を流しながら、机に突っ伏す。

なんと意地気のない姿。

これも【勇者】によってやられてしまったせいですわ。

やはり【勇者】……【勇者】が全て悪いのですわね……！

あの【勇者】さえいなければお父様も魔王として人類を恐怖のどん底に叩き落とし、ジン様もヒナの手中にあったはずなのに……！

「……そ、そうだ！　パルルカは？　パルルカはどこにいるんだ？」

「私でしたら、ここに」

そう言って廊下で待機していた全身に包帯を巻かれたパルルカが顔を出す。

ちなみに彼女は移動できるタイプの寝台に乗せられており、彼女の部下であるサキュバスが動かしていた。

「パルルカ!?　どうしたんだ、その姿は!?」

「いえ、すっかり【勇者】にやられてしまいまして……」

「……ということは【勇者】たちと一戦を交えたのか!?」

「そうですわ。先ほどの続きですけれど……ヒナたちは【勇者】にやられて、パルルカはこんな姿になってしまいましたの」

「お嬢様が直撃を防いでくださったおかげで一命を取り留めました。やはり【勇者】の一撃はすさまじかったですね……」

「当然ですわ、パルルカは私の大切なお世話係ですもの。【勇者】の実力は……少し想定外でしたが」

「そうか……。とにかく二人が無事でなによりだ。ひとまずはそれを喜ぼう。……ときにヒナ」

「なんですの、お父様」

「体に異変はないか？　【勇者】の浄化の光による一撃を受けたのだろう？」

「ええ、ダメージこそ負いましたが、それ以外は特に違和感もありませんわよ」

「……あれぇ？」

首をかしげるお父様。

きっと自身と同じく人類に対して愛情を抱いた様子がないのが不思議なのでしょう。

確かにヒナは【勇者】の浄化する光を全身に受けましたわ。

しかし、ヒナは強い意志を持つ由緒正しい魔王の娘。

この野望！　野心はそう簡単には書き換えられませんわよ～！

「そういうわけでしてお父様。ヒナは身を清めて参りますわ」

「ああ、わかった。そのまましばらくゆっくりしておきなさい」

「ええ。しっかりと体を休めようと思います」

「お、おお……」

「……どうしましたの、お父様。ヒナ、変なことを言いましたか？」

「い、いや、なんでもないんだ！　決して素直に言うことを聞いてくれるなぁなどとは思っていないぞ⁉」

全部口から出ていましてよ。実の娘に失礼ではなくて、お父様？

「それではお父様。ヒナは失礼しますわね」

「ああ、傷を癒やしてきなさい」

一礼をして部屋を出たヒナはそっと扉を閉める。

「パルルカ。あなたはよくやってくれましたわ。その怪我(けが)が完全に治癒できるまでは療養に専念しなさい」

「ありがとうございます、ヒナお嬢様。……すみません、私が後れを取ったばかりに」

「関係ありませんわ。ヒナが実力で上回っていれば押し通せたんですもの。原因はヒナの実力不足」

「……ヒナお嬢様……！」

「あらあら、泣いては包帯に涙が染み込んでしまいますわよ。ほら、自分の部屋で新しいものに変えてもらいなさい」

ヒナがパンパンと手を叩くと部下のサキュバスがパルルカを連れていく。

「……さて、ヒナもさっさとお風呂に入ってしまいましょう」

ツカツカとヒールを鳴らして、廊下を早足で歩く。

先ほどのお父様の懸念……見事に的中ですわ。

ゆっくり？　とんでもありませんわ！

ヒナがこうしている間にもジン様は勇者パーティーのメンバーと時間を過ごすんですのよ!?

じっくりもゆっくりもありませんわ。本当はすぐにでも跡を追いかけたいのですが……こんな汚れた姿で会いに行ってもジン様を幻滅させてしまうだけ。

お風呂にでも浸かって、新たに作戦を考えましょう。

パルルカはしばらく実戦はできないでしょうから、代わりの人員を探さなければ。

その前にジン様たちが今どこにいるのかも調べなければいけませんし……やることが山積みですわね。

「……となると、あの子に頼むのが良さそうですわね」

主に前線に出て活躍していた魔王軍の幹部は悲しいことにみんな命を狩られてしまいました。

ですが、パルルカのように私のお世話係であったり、内部でお父様を支えている幹部はまだいましてよ、人類たち。

問題はどうやって引きこもり体質の彼女を引っ張り出すか……う～ん……。

「……お風呂に入れば何か思いつくでしょう！」

思いつかないことに固執して、うんうんとうなっていても良いアイデアは浮かびませんわ！

意識を切り替えたヒナはそのまま魔王城ご自慢の大浴場へと向かった。

「……相変わらずどんよりしていますわね」

体の芯が熱くなるまでぬくもったヒナは新品のドレス——ではなくお古のドレスともう履かない予定の靴という姿で、異質な匂いを発する部屋の前にいた。

ヒナは一度見た、もしくは、この身に受けた魔力を記憶できる。そして、ヒナの体にはまだあの戦いの残滓（ざんし）が色濃く残っていた。

それを頼りに探り続ければ、ジン様たちのおおよその居場所は把握できます。

お風呂に入っても特にいい手段を思いつかなかったヒナは、腕力で言うことを聞かせることにした。

結局、これがいちばんですわよね！

「お邪魔しますわよ、マードリィ——ひぃっ!?　なんですの、このゴミの山!?」

ドアを開けた瞬間、ヒナは視界に入った光景に思わずたじろぐ。

ゴミ、ゴミ、ゴミ……！

あっちらこっちら、本が積み重なって山になり。食べ散らかした骨の周りに羽虫が飛んでいたり。床にはよくわからない青色の液体がこぼれていたり……。

……相変わらずですわね、ここは……。

「うへぇ……」

べちゃべちゃと音を立てながら、ゴミの山をかき分けていく。

本当に汚いですわね……ここは。

マードリィの研究ラボと呼ばれるこの一室の主はおそらく今も……と、想像通りでしたわ。

ゴミの山を突き進んでいくと、最奥に様々な実験器具が置かれた机が見えてくる。

その机の上で何やら怪しい液体をカップに注いでいる黒髪の少女。

彼女こそヒナが求めた魔王軍の幹部――マードリィ。

一日中研究、実験、研究、実験、研究……。

脳内全てが研究で埋め尽くされている彼女はそれ以外の魔族としての役割を放棄している。

目の前のことに没頭し、周囲のことが見えなくなるのよね……。

だから、こうして背後に迫っても全く気にした様子もない。

この子、魔族じゃなかったらどうやって暮らしたのかしら……。

「マードリィ。ヒナが迎えに来たわ。外に行くわよ」

そう言って彼女の肩をグラグラと揺する。

すると、ゆっくりと彼女の首がこちらを向き、睡眠不足で鋭くなった赤色の瞳がヒナを貫く。

「……うわ」

「そんな表情しないでくださる？　まるでヒナが面倒くさい相手みたいに……」

「……なに？　……私は忙しい。邪魔しないで」

「あなたに頼みたいことがありましてよ。実は一緒に侵入してほしいんですの」

「……パルルカに任せる」

「そのパルルカは休みでしてよ。ちなみに返事は『はい』しか受け付けておりませんわ」

「……はぁ……。それはお願いじゃない。強要」

長い、それは長いため息を吐くマードリィ。

彼女の背後で腕まくりをしていたかいがありましたわね！

ちゃんと行動の意図が伝わって嬉しい限りですわ。

「……いいよ。私も研究が行き詰まっていたし……ちょっとくらいなら付き合ってあげる」

「ご安心くださいまし。移動は全てヒナが抱きかかえていきますから歩く必要はありませんわ」

「……そう」

なんといってもこの方、研究ばかりでこんな窮屈な部屋にこもっているせいで身体能力がかなり劣っていらっしゃいますからねぇ。

ですが、いいでしょう。

ヒナは頭を働かせるのは苦手ですが体を動かすのは大の得意ですから。持ちつ持たれつ。お互いの苦手なところを補い合うのが大切なんですわよ。

「……聞いておく。どうして私なの？」

「あなたに研究してもらいたいことがありますの。そのためにも実物を見せておこうと思いまして」

「……なに？」

露骨にぴくりと反応しましたわね。

……あっ、そうですわ！　最初からこれで釣ればよかったのですわ！　研究お馬鹿なのですから！

「──【勇者】の【聖剣】の効力について」

「そういうことは早く言ってほしい！　ついてくついてく！　絶対についていく！」

先ほどとは打って変わって飛びついてくるマードリィ。

やはり彼女も前から興味があったみたいですわね。

普通の魔族は【勇者】と対峙（たいじ）することを恐れるでしょうに……筋金入りのマッドサイエンティストとはまさに彼女のことですわ。

だからこそ、連れていく候補にも迷いなく選んだのですから。

「うへへ……【勇者】で試したいことがいっぱいあるんだ……。幹部がいなくなって試していないアイデアが溜（た）まるばかりだったから……楽しみだなぁ……」

「そうと決まれば早いですわ！　さっそく──」

「……うん。行こう、【勇者】のもとへ」

「──お風呂に入りますわよ」

「…………………え？」

ニタニタとクマができた目元を下げていた彼女の表情が絶望に染まる。

……まぁ、見ての通りですが……。

床まで伸びたボサボサの髪。カサカサに乾ききった肌。なによりツンと鼻につく体から発せられる匂い。

到底看過できるものではありませんわ！

「……いや……。面倒くさいし……魔族は匂いなんて気にしない……」

「ダメですわ。これからヒナの王子様であるジン様にも会うんですのよ？　こんな匂いをさせたまま一緒に行動なんてできるものですか」

「……私は関係ない。そのままでいい」

「いいえ、ダメです。さぁ、行きますわよ〜」

「…………うぇぇぇ」

ヒナはマードリィを抱きかかえ、もう一度大浴場へと向かう。

食事をまともに取らないマードリィの体はガリガリで、到底ヒナに対抗できる力などない。

だから、こうして大人しく運ばれている。

「あと、いつもの服も味気ないですから……仕方ありませんわね。ヒナの服を貸してあげましょう」

「……もう任せる。はやく【勇者】に会えたらそれでいい」

「あなたのそういうところ、ヒナは結構好きでしてよ」

Life 2-2 俺の方が愛している

ゲインお兄さんとの一幕を挟んで、俺たちはエルフ族の族長の家——リュシカの実家を目指して歩いていた。

「…………」

「……どうかしたのかい、ジン？」

「……いや、ちょっと気になったことがあるんだけど……エルフの里ってこんなにも静かなんだなって」

ここまで結構歩いているが、ゲインお兄さん以外のエルフと一度もすれ違ったりしなかった。

確かに道らしき道はほとんど整備されていないが、それはどこも同じだろう。

ここが里の中心部から離れた場所というわけでもなさそうだしな。

そもそもエルフが自ら自然を荒らすような真似をするとは思えない。

その証拠に彼らが住んでいる家と思しき場所は全て木の中にある。

まばらに立ち並んでいる大木に直接ドアが取り付けられているのだ。

おそらく、あの扉を開けた先にはエルフ族の居住スペースが広がっているに違いない。

知恵を尽くして、上手に自然と共存している。

「言われてみればそうだね……。少し不自然だ」

「先日の件もありますし、警戒しておきましょうか？」

「いや、それならゲインお兄さんが俺たちを確認しに来る余裕なんてないと思う」

「ということは……？」

俺たち三人の視線がリュシカに向く。

視線を向けられた彼女はどんどん眉をひそめていった。

「……私の身内がなにかを企んでいる可能性が高いね、これは」

どこまでもリュシカの家族は愉快な性格をしているようだ。

まぁ、歓迎されていなければそんな催しもしてくれないだろうし、あんまり俺は気にしていない。

むしろ、歓迎されているみたいで嬉しい。

そういう旨を伝えると、リュシカの表情も和らいだ。

「……すまない。少しばかり苦手意識があってね。どうにも末生まれなせいか昔から、からかわれやすいんだ」

「それは少しわかる。私もいつもジンにからかわれていた」

「ハハッ、それは違うぞ。俺はレキを可愛がっていただけで……」

「じゃあ、乙女心をもてあそばれてた」

「ごめん！　でも、その言い直しはやめようか、俺のためにも。今後はちゃんと一人の女性として扱うから……！」

「最近、ジンさんの立場がどんどん弱くなっていきますね」

「確かに……。でも、尻に敷かれている方が夫婦仲は長く続くって言うから、いいんじゃないかな」

「……ジンは私たちに座ってほしいの？」

「尻に敷かれるってそういう意味じゃないからね。それだとただの変態になっちゃうから、俺」

「よかった……。お尻にはあまり自信がなかった……」

心配するところ、そっちなんだ……。

レキは自身の小ぶりなお尻を指でなぞる。

その後、なぜかユウリのお尻をパァン！　と叩いていた。

「ひゃんっ。レ、レキちゃん！　やりましたね!?　最近、お肉がついて気になっていたのに！」

……いい音鳴ったなぁ。

そのまま二人が互いのお尻を叩き合い出したので、俺はリュシカの隣に並んで歩く。

「おや、ジン。二人の仲裁はしなくていいのかい？」

「じゃれ合っているだけだからな。あと、どれくらいで着きそうなんだ？」

「族長はエルフ族で最も権威がある。だから、里の奥に家があるんだ。もう少し歩くことになるね」

「そうか。じゃあ、もう少しゆっくりリュシカと話ができる時間があるってことだな」

「ふふっ、そうだね。どんな話をしようか。私はなんだって楽しいけれど」

「なら、エルフの里での予定でも決めようか。指輪だって一日二日じゃできないだろうし、しばらくは滞在することになるから」

「名所なら私に任せてほしい。なかでも、【エルフの宝樹】は見てほしいな」

「【エルフの宝樹】って、時々見かける大木とは違うのか？」

「もちろん。あの何倍、いや何十倍の大きさだからきっとビックリするはずさ。驚いた顔が早く見てみたいな」

「あれの何十倍も……」

エルフが住む大木でさえ、俺たちパーティーメンバーが手を広げた状態で横に並んでピッタリくらいなのに……。

「【エルフの宝樹】はエルフの里ができた当初からあるんだ。歴史と共に『パァン！』里を支えてきてくれた文字通り、宝だよ」

「それはすごい『パァン！』楽しみだ」

「あと、宝樹の前で二人みたいにお尻を叩き合っていると『パァン！』流石に怒られる」

「それは『パァン！』宝樹の前でなくても『パァン！』そうだと思う」

だんだん尻を叩く力が強くなっているのか俺たちの会話にまで侵食してきた。

二人で振り向けば、ユウリがちょうど両手で連発していたところだった。

「そろそろ腫れて私と同じくらいの大きさになってきたんじゃないですか、レキちゃん……！」

「まだまだ。ユウリの方が私の倍くらいある」

「そんなにありません！」

静かなエルフの里に響く尻を叩く音。互いのお尻の大きさで言い争う声。

これも風流……とは流石にいかなかった。

◇◇◇◇◇

レキとユウリの尻合戦は引き分けで決着し、やっと目的地であるリュシカの実家の前に到着した。

結論から先に述べると、俺たちは圧倒されていた。

「これがリュシカの家か……」

「先ほどまでとは比べ物になりませんね……」

「リュシカ……お嬢様だったんだ」

「これでも一応ね」

俺たち三人は眼前に広がる大木にあっけにとられていた。

単純に目測でも、エルフの里で確認できた大木の三倍は優にある。

そして、玄関先である入り口の前には着物を半脱ぎして肌をさらけ出したエルフたち

――もちろん、全員男性――がずらりと並んでいた。

「「「お帰りをお待ちしておりました、リュシカお嬢!!!」」」

「「「魔王討伐のおつとめ、お疲れ様でした!!!」」」

筋骨隆々な男たちの寸分違（たが）わぬ揃（そろ）った出迎えの声は、エルフの里全体を揺るがすほどの

声量があった。

「なんというか……リュシカはエルフの里でたくさんの人から愛されているんだな」

「あはは……ありがとう」

当の本人は苦笑いだ。

勇者パーティーとして旅立つ前から、こういう対応をされて本人は辟易(へきえき)していたのかもしれない。

俺だって毎日これだと少し参ってしまうかも……。

やっている当人たちは悪気がなく、純粋にリュシカへの愛でやっているから特にこれといって愚痴もこぼせず……。

彼女が魔法研究に熱心で、家にこもり気味だったという事情が今まで以上によく理解できた気がした。

「みんな、ただいま。いろいろと話したいことはあるんだけど……ひとまず、これ預かってもらえるかな？」

そう言ってリュシカはレキが担いでいる荷物（ゲインお兄さん）を指さす。

「承知いたしやした！　ちなみに、中身はなんでいらっしゃいますか？」

「兄さん」

「ゲインお坊ちゃん⁉」

ザワザワとざわめき出すエルフの男衆。

そうだよな。自分たちが仕えるエルフの族長の息子がグルグル巻きで荷物扱いされていたら、誰だってそうなる。

「リュシカお嬢がゲインお坊ちゃんに歯向かうだなんて……」

「……成長して帰ってこられたんですね……！」

「流石です、リュシカお嬢！」

違った。思ったより好印象に受け取られていた。

これも文化や考え方の違いなのだろう。

人間社会で言えば貴族の娘が兄弟をボコボコにするようなものだから、もっと大問題になっていたと思うが……エルフたちが問題なさそうだし、難しく考えなくていいのだろう。

「エルフには貴族階級なんてないし、その辺りは緩いから。誰が族長の跡を継ごうとも、後継者がきちんと能力を持っていればそれでいいのさ」

しっかりと俺の疑問点を説明してくれるリュシカ。

この辺りのフォローはさすが年長者だなぁ、と感心していると、そっとリュシカが耳元に顔を寄せた。

「その……ジンには安心してほしいから言うけれど……兄さんにキスとかはさせていないからな……」

「えっ……ああ。それなら気にしていないから大丈夫だぞ？」

「そ、そうなのかい？　でも、私が読んだ本には男性は女性の初めてでありたい願望が強いと書いてあったぞ……？」

「それは家族以外の男性となら、だよ」

「そ、そうか。なら、よかった。と、とにかく私の初めてのキスの相手は……ジン以外にさせるつもりはないから。……それを伝えたかったんだ」

「…………っ！」

……やばい。その言葉はときめく。

恥ずかしさで頰を赤く染めるリュシカを今すぐ抱き寄せ、その艶やかな唇を奪いたい。

――だが、俺は耐えた。

こんな大勢の、それも知り合いの前でリュシカは恥ずかしい思いをしたくないだろう。

……それと背後からの視線がそろそろ強すぎて、俺の背中に穴が空くレベルだからな。

グッとこらえて、俺は前に向き直る。

なに、これくらい三人と添い寝して過ごす夜に比べたら屁でもないさ。

「ジン。おんぶ」

やきもちを焼いたレキが許可を出す前に背中に飛びつく。

これでジッとしてくれるなら、お安いご用だ。

いつもより密着度が高いせいで、彼女の体躯(たいく)に似合わぬ豊満なものが押しつけられているがこれも耐えられる。

「ジンさん。抱っこ」

「ごめん、それはできない」

「ひどい！　私だけ仲間はずれなんですね！」

だが、ユウリの抱きつきには耐えられそうにない。

特にリュシカの照れ顔とレキの押しつけを喰(く)らい、理性を削られた今では到底太刀打(たちう)ちできそうにないのだ。

なので、ここは悪いがユウリには我慢してもらう。

「……おい、見たか。あのお嬢の表情を……」

「……あいつ。カシラが言っていたリュシカお嬢の男か……？」

「その割にはリュシカお嬢以外の女も侍(はべ)らせてやがんぞ？」

「なに？　リュシカお嬢がいちばんじゃねぇってことか……!?」

「もしそうだったとすれば……ワシが殺す」

……物騒すぎないか、エルフたちって。

さっきのゲインお兄さんといい、エルフ男衆といい、ずいぶんとイメージと違って好戦的だ。

おい、そこのエルフ男衆。

ひそひそと話しているつもりだろうが地声が大きいから全部筒抜けだからな。

あと、もう少し殺気は隠せ。

そんなに殺気をこちらに向けたら俺の背中にしがみついている【勇者】が暴れ出しちゃうから。

「ほら、お前たち。私たちを父さんのもとに案内して。どうせ二人とも待っているんでしょう？」

別の意味で修羅場になりそうな重くなる空気を変えたのはリュシカだ。

パンパンと手を叩けばハッとしたエルフ男衆は乱れた隊列を再び正して、頭を下げる。

扉付近にいたエルフたちは重そうな扉を開けてくれていた。

「さぁ、行こう。大丈夫だよ、怖くなんてないから」

そこに関しては心配していない。

今まで越えてきた数々の死線に比べれば、これくらいなんでもないから。

「父もきっと私たちのことを認めてくれるよ」

「……リュシカ」

ちらりとエルフ男衆たちを見やる。

どうも俺は舐められている気がする。ならば、ここで一つこちらからも男気を見せておくべきだろう。

生半可な気持ちで、リュシカの夫になったわけではないんだとわからせるべきだな。

俺はこんなにすごい子たちにもっと自信を持っていいと言われた男なんだ。

ここからは気合いを入れ直していこう。

「たとえ反対されたとしても俺は構わないけどね」

「……？　それはどういう……」

「リュシカを抱きかかえて連れ帰るだけだから。俺たちの幸せな結婚は誰にも邪魔させない」

はっきりとエルフ男衆にも聞こえるように宣言する。

「っ……！　いっ、いきなりそういうことを言うのは反則だと思うよ、ジン……」

「ハハッ、リュシカの照れている姿。俺はやっぱり好きだな」

「ま、またそんなことを言って……あなたは私を喜ばせる……！」

リュシカは見ないでくれと言わんばかりに両腕でバツ印を作って自分の顔を隠す。

だけど、横から覗(のぞ)けるエルフ特有の長い耳は根元から先まで真っ赤になっていて、彼女がどんな表情をしているのかは一目瞭然だった。

「これで安心できたかな？」

「……当然。私も協力する」

「……もうただの仲間とは違う。私たち四人揃っての『家族』ですからね。ふふっ、流石ジンさんです」

「……ったく、本当に頼もしい家族ばかりで、私は幸せ者だね。それじゃあ、せーのっ！」

リュシカは俺とユウリの手を引き、みんなで同時に敷居をまたぐ。

大木の中だというのに、ずいぶんと暖かく、なにより明るい。

……なるほど。中身をくりぬいて大木自体を家を囲う壁と屋根にしているのか。

木の壁に沿うように階段がらせん状に備え付けられており、上へと部屋が連なっている。

これなら景観を損なわないし、余分な資材も使わない。

エルフの里に生えている大木ならではは、といった発想だ。

「リュシカ。ここの明かりはどうやってまかなっているんだ？」

「魔法を使っているんだよ。【光球】をいくつか天井にぶら下げているかごの中に入れてね。こんな風に……【光球】」

　階段を上りながら説明してくれるリュシカの手のひらから、ふわふわと浮いた【光球】がかごへと移動する。

　……いやいや、普通に言っているけどずいぶんとおかしなことをしている。

【光球】をずっと維持する。つまり、他の作業をしていても【光球】の維持に意識をさかねばならない。

　一つの魔法を維持しながらの複数作業がどれほど高難度の技術かわかっているのか。

　それを平然と誰もが実行できて日常の一部となっているのは、やはりエルフは魔法に関する実力が頭一つ抜けているからだと実感した。

　厨房。客室。大広間。それぞれの階の特徴を説明してもらいながら、俺たちは階段を上っていき、ついに最上階へ。

　これまでの階は廊下があり複数の部屋があったが、この階だけは違った。

　和風な紋様が描かれた両開きの戸。

　その向こう側からとてつもない存在感を感じる。

　なるほど。リュシカのお父さんはすでに準備万端といったところか。

あまり待たせるのも得策じゃないし、そのつもりもない。

背負っていたレキを下ろした俺は力を込めて、戸を開け放つ。

「ほぅ……威勢がいい男が来たじゃねぇか」

気品を漂わせる室内。きらびやかすぎず、落ち着きもあって見事に上品さと豪華さが融合した一室。

そこに鎮座するのはリュシカと同じ着物を羽織った、一人のエルフ。

髪こそ短く白髪だが眼(め)の色はリュシカとの血縁を想起させる黒色。正真正銘、彼女の父親が姿勢を正し、正座してこちらを見つめていた。

少しばかり垂れた眉。うっすらとほうれい線の入った頬。存命するエルフでも長寿な方であろう。

その見た目はとても頼りなさげに映る。

実際に体格も下にいたエルフ男衆よりも小さい。

だけど、一目見ただけでわかった。この人もまた歴戦の猛者(もさ)であると。

「そこに座るといい」

「失礼します」

促された俺たちはリュシカのお父さんに向き合う形で腰を下ろす。

当然、場にかけられた圧を理解している全員が揃って正座をしていた。

ここは先に自己紹介するべきだろう。

「初めまして。ご挨拶に参りました、ジン・ガイストと申します」

「同じくユウリ・フェリシアです」

「レキ・アリアス」

「父さん。知っていると思うけど、みんなは私と同じ勇者パーティーのメンバーで――」

「もちろん知っているさ。てめぇらの活躍は耳にしていた」

「ありがとうございます」

「礼を言うのは俺らの方さ。魔王を討伐してくれたんだからよ。……俺の名はエルフォン・エル・リスティア。エルフたちを束ねる族長をしている」

そう言ってリュシカのお父さんは懐から封筒を出した。

「お前たちの用件はわかっているつもりだ。ウルヴァルト国王からも手紙をもらってるからよ」

それはウルヴァルト様の印璽が押されたれっきとした封書。

俺たちが世界各地を回ることが決定したタイミングで、ウルヴァルト様が送ってくださったものだ。

「あの指輪が壊れてしまったことについては……残念だったな。なにせ魔族に対抗する全ての種族の思いが込められた証だった。それがバラバラになってしまったのは……」

「……申し訳ありません。自分たちが非力だったせいで」

「頭を上げろ。悪いのは壊した魔王の娘だ。そんな存在なんざ俺たちも知らなかった。もしお前が謝るなら、俺たちエルフはただの長生きしているだけの無能だろうよ」

「……ありがとうございます」

リュシカのお父さんの慰めに甘えて、床に着けていた額を上げる。

その瞬間、リュシカのお父さんと視線ががっつりぶつかり、これからどんな話題を投げかけられるのかすぐにわかった。

「確かに指輪の話も大切だ。だが、それはエルフ族の族長として。――ここからは一人の娘の父親として大事な話をしようじゃねぇか」

かっぴらかれた双眼。すさまじい眼力は獲物を捕らえて、捕食の態勢に入った。

そんな幻覚さえ見せるような恐ろしいほど強大な気力。存在感。

間違いなく魔王軍幹部に匹敵する。いや、それ以上か。

そんな偉大な人物から発せられる気迫が今、全て俺に注がれていた。

「俺は回りくどい話は好きじゃない。たった一つだけ、質問に答えるだけでいい。簡単だろう？」

「……はい。もうすでに答えも腹の中に用意しております」

「それはそれは……クックック。なら、聞こう。我が愛娘を奪おうとする若人よ」

「――お前はうちの娘を幸せにする覚悟があるのか？」

「――世界でいちばんと言わせてみせます」

ぎゅっと汗がにじむ拳を握りしめ、即座に切り返す。

お父さんの覇気は、確かに全身をひりつかせるくらいにすごい。

喉が渇きを訴えて、足が早くここから抜け出せと勝手に動き出す。

例えるなら首元に刀を突きつけられている。それもつばを飲み込むために喉を動かせば刀身に触れるくらいの距離で。

そんな錯覚に陥る、そう思わせられるだけの迫力があった。

だけど、俺にだってそれを受け入れる覚悟ができていた。

……三人をお嫁さんにすると決意した時から、ずっと考えていた。

奪われる側の……親側の気持ちを。

長く愛情を注いできた我が身の半身とも言える存在を見知らぬ男に持っていかれる。身を裂かれるような思いだろう。

俺からすればレキが俺以外の男のもとに嫁ぐ感覚に近い。

そんなシチュエーションを想像しただけで胸が苦しくなって、吐き気を催して、地べたに這(は)いつくばるような、二度と味わいたくない感覚。

挨拶の前に、実際の気持ちに及ばずとも相手の立場になって考えることができたから、どんな感情をぶつけられるのかも予想していた。

悲しさ、怒り、憎しみ……。

どれだけ言葉で取り繕っても、腹の底から生まれてくる感情。

だから、俺はそれを一身に受ける覚悟ができていた。

間違いなくリュシカのお父さんからすれば俺は娘を奪っていく悪役なのだ、と。

ならば、悪役らしく、俺も憎たらしくリュシカを奪っていこう。

「お言葉を返すようで申し訳ありませんが、俺の覚悟を舐めないでいただきたい。誰よりもリュシカを愛している自信があります」

「ほう？　それはそこにいる他の二人よりもってことか？」

「いいえ。全員を等しくいちばんに愛しています」

「……おいおい。俺の娘がいちばんじゃないって言うのか？」

そうだよな。お父さんの怒りももっともだ。

だけど、俺はそういう道を突き進むと決めたんだ。

絶対に怯まない。一歩も引かない。死んでも譲らない。

三人とも大大大好きな俺のお嫁さんだ。

「……リュシカも、レキも、ユウリも俺にとって大切な人です。この世界でもっとも大切な宝物。もし魔王が三人との幸せと引き換えに侵略の邪魔をするなと言えば、俺は喜んで世界を差し出します」

「…………」

「全世界を敵に回しても、俺はリュシカたちとの幸せを優先する。誰にも文句は言わせない。たとえお父さんにだって反対されれば、ここで対峙する覚悟があります。それくらいの想いで彼女の夫でいるつもりです。だから——」

「——娘さんを俺にください」

俺の決意と愛を乗せて、リュシカのお父さんを見つめ返す。

俺たち以外の誰も口を挟めない。挟ませない覚悟のぶつかり合いの時間。

二人で見つめ合う無言の時間が流れる。

そして、張り詰めた空気を先に弛緩(しかん)させたのは――リュシカのお父さんだった。

「……生半可な男ならば娘をやらん……と言うつもりだったんだが……」

姿勢を崩してあぐらをかくお父さん。

ピンと伸びていた背中も少し猫背気味になり、楽な体勢になったことで俺とこの人との勝負は終わったのだと理解した。

「……いいだろう。お前に託そう。俺の愛娘を。宝物をな」

「……っ！　ありがとうございます！」

勢いよく頭を床に振り下ろす。

ゴンと少しばかりの痛みが、今ばかりは気持ちよかった。

「やったね、リュシカ、ジン」

「とても素敵なお言葉でした。リュシカさんに嫉妬してしまうくらいに。私も早くこんな情熱的な愛をささやいてほしいです……」

レキとユウリも俺たちにサムズアップして祝いの言葉をかけてくれる。

一方でリュシカだけは特に変わった様子もなく、まだお父さんに訝(いぶか)しげな視線を向けていた。

「……リュシカ。いい男を見つけたな。幸せにしてもらえよ」

「父さんに認めてもらえなくても、そのつもりだったから」

「ハハハッ。相変わらず冷てぇなぁ、我が愛娘は」

「だって、最初から結婚を許すつもりだったのに、わざわざこんな一芝居打つ父親だよ？　こういう対応にもなるさ」

「「「……え？」」」

俺たち三人の声が重なる。

一芝居？　えっと、どういうこと……？

そろりとお父さんを見れば、めちゃくちゃ気まずそうにうつむいている。

リュシカは立ち上がってズンズンと勢いよくエルフォンさんへと詰め寄っていく。

「なんで私の時ばかりこうやってふざけるんだい？　父さんはいつもいつも」

「お、俺だってたまには父親らしいことをだな」

「はぁ？　昼間から酒飲んで、いつもぐうたらしているくせに？」

「そ、そんなことないだろ？　ほら、訂正しねぇとお前の旦那たちに誤解を与えてしまう」

「誤解じゃない。どうせ私たちが来るまで一杯引っ掛けていたくせに」

そう言ってリュシカはエルフォンさんの後ろの襖に手をかけた。

そこにあったのはあちこちに転がった酒瓶とツマミが載せられたお皿。

……え？　いやいやいや……え？

先ほどまでの大きな存在感はどんどんしぼんでいった。

「だいたいカルネア姉さんはもう百人と結婚しているし、エルフは全然重婚しても問題ない種族じゃないか」

「百人⁉」

想像を遥かに超えた数に驚愕する。

桁が一つ……いや、二つは違わないか？

流石はエルフ。寿命が長いと、その辺りの価値観も違うんだろうな。

「だ、だけど、リュシカは今回が初婚だろう？　それにカルネアと違って、結婚相手のことを何も知らなかったんだぞ、俺は。お前がろくでもない男に騙されていないかと心配で、心配で……」

「…………」

「……ゆ、許してくれないか？」

「……遺言はそれでよかったかな？」

「さぁ、宴(うたげ)だ！　てめぇら、しっかり盛り上がっていくぞ！」

「――【吹き荒れる神風(ゴッド・ストリーム)】‼」

「娘がずっと反抗期っ‼」

リュシカが放った風属性魔法はエルフォンさんを流れに乗せて、窓ごと突き破って外へと投げ出した。

◇◇◇◇

場所は移ってリュシカの実家前。

てっきり宴は大広間でやるのかと思ったが、俺たちが上でお話をしている間に下では宴の準備がされていたらしく、外での開催と相成った。

落下したにもかかわらずなぜか無傷なエルフォンさんは即興で組まれたステージの上に立っている。

その顔面にはなぜか青あざができているが、誰も触れはしなかった。

「今日は無礼講だぁぁぁぁぁ‼　楽しんでいくぞぉぉぉぉ‼」

「「「うぉぉぉぉ‼　カシラ最高だ〜！！」」」

両手に酒瓶を持ったエルフォンさんの号令で、男衆たちが酒の入った木製ジョッキを掲げて騒ぎ始める。

そして、そこへジャンプして飛び込むエルフォンさん。

緊張の連続だった肩肘張った雰囲気はすでに霧散し、お祭り騒ぎとなっている。

「……ったく、父さんはふざけすぎなんだよ……」

「ハハハ……」

確かにあの姿を見ればそう考えても仕方ないけど、やっぱり俺は結構本気だったと思うけどなぁ。

リュシカなら気がつかないわけがないと……あぁ、なるほど。そういうことか。

リュシカは可愛いなぁ。

素直になれないんだ。

「……なにか言いたそうだな、ジン」

「別に？　レキ、美味しい？」

「ふぁいふぉう（最高）」

両手に持った骨付き肉をお気に召したレキはかぶりついて満足そうだ。

「お酒も美味しいですね。あまり得意ではありませんが、この葡萄酒は甘くて飲みやすいです」

「エルフは外界とつながりが少ない分、娯楽が食事しかないんだ。だから、食事面に関しては期待してくれていい」

「そうなのよ。エルフの女は料理の腕自慢が多いから存分に楽しんでいってねぇ」

「えっと……？」

突如として会話に割り込んできたエルフのお姉さん。

かなり気安くリュシカの肩に手を置いているが、親しい間柄なのだろうか。

「はぁ……急に現れて困らせないで、カルネア姉さん」

「別にいいじゃない。ようやく料理を終えて自由になったんだから可愛い妹の夫を見に来ても」

この人が旦那さんが百人いるリュシカのお姉さんか……。

確かにリュシカとは正反対な見た目をしている。そのせいで初見ではまず姉妹とは見抜けないだろう。

ウェーブがかった金色の髪。出るところは出て、引き締まるところは引き締まっている体。

どうやら胸はさらしで潰しているにもかかわらず、大きいとわかるサイズらしい。

ラフな格好が好きなのか、着物をずいぶんと着崩しているため注視しなくても胸元のガードが非常に緩いので見えている。

逆に下は足首まで隠されているが、横にはスリットが入っていて時折肌色が覗けていた。

共通しているのは若草色の瞳くらいか。

「初めまして、ジン・ガイストです。お会いできて光栄です」

「もぐもぐ……ごくんっ。レキ。よろしく」

「ユウリ・フェリシアです。いつもリュシカさんにいじめられています」

「それはむしろ、こっちの台詞だが⁉」

「面白い子たちね。カルネアよ、よろしく。私はパパと違って堅苦しい挨拶はいらないから気にせず楽にしていいわ」

ユウリとのやりとりを笑って済ませるあたり、本当に遠慮はいらないのだろう。

性格まで正反対な姉妹だ。

「ありがとうございます」

「話は戻るけど……この子は料理が全くできないから期待しちゃダメよ、新郎くん」

「ふぐっ」

隣でユウリと言い争っていたのに唐突に刺されたリュシカがその場にうずくまる。

ちなみにリュシカが家事をできないのは知っていた。

いちばん苦手なのが整理整頓ということも。

だから、俺とユウリが炊事担当というのがパーティーの中では決定事項だった。

「この子ったら小さい頃から勉強ばっかりでね。私も心配だったの。いつか結婚する時に困るんじゃないかって。エルフって発情期があるから、もしそれが来たとき誰も相手してくれないわよ～って感じで」

「……え？　発情期……？」

「カルネア姉さん!!」

…………んん？　初耳な情報が出てきた。

発情期……って、エルフにそんな期間があるの？

「そうよ。私は頻度が高いから、それを抑えるために同胞を食べまくったら百回も結婚することになっちゃった」

「ああ……これだからうちの家族は……！」

「今日、玄関先で迎えた男たちがいたでしょう？　あれ全員、私の旦那なの。ちなみに、今も絶賛発情中」

「なに言ってるんだ、バカ姉！」

その自由奔放さに圧倒されるばかりである。

レキもマイペースに事を進めるタイプだが、お姉さんも似た感じだな。

旅の始まりから、リュシカがレキに対して特に違和感なく接していたのも身近にこの人がいたからかぁ……と妙に納得できた。

「……ということは……一対百……？」

「絶対保ちません……あっ、でも、ジンさん百人に囲まれたら嬉しいかも……」

こら、そこ。ピンクな妄想しない。

「そういうわけだから……新郎くん。今晩、私の部屋に来ない？　可愛がってあげるわよ？」

「ぶふっ!?」

「させるか！　そうやってすぐにとっかえひっかえ男を増やすな!!」

「あら、独占欲発揮しちゃって」

俺の顎を指でなでてきたお姉さんから抱き寄せて引き剝がしてくれるリュシカ。

……リュシカは気づいていないのかな。

ちょっとした膨らみでもおっぱいはおっぱい。

柔らかさと女の子特有の甘い香りに包まれて、俺は極楽気分だった。

「ふ～ん……新郎くんは小さいおっぱいが好みなのね」

唐突に考えていることをばらされて、ものすごく穴に入りたくなってきた。

「そ、そうだ！　だから、姉さんはお呼びじゃないんだ！　しっしっ！」

なぜか抱きしめる力が増して、胸を強く押しつけられる。

いつものリュシカなら今のお姉さんの発言で自分がしていることに気づいて、離れるはずず。

つまり、これは確信犯だ。

リュシカは俺をお姉さんのダイナミックボディに取られないように自分自身のスレンダーボディで対抗している。

なら、俺も遠慮なくこの状況を堪能させてもらおう。

もう夫なんだから、これくらいは許されると信じたい。

「でも、他のお嫁さんは……」

そう言って、ちらりとレキとユウリを見やると。

「私より、だと思うんだけど？」

「ぐぬぬ……」

自身の豊満っぱいをぎゅっと摑んで持ち上げる。

リュシカは言い返したいが、言われたことが事実だけに言葉が出ないとみた。

……ここは俺が助け舟を出す場面だろう。

人を愛するポイントはなにも胸の大きさだけじゃない。

それを凌駕（りょうが）するくらいリュシカにはいい部分がたくさんある……！

「……お言葉ですが、お姉さん。リュシカには胸のサイズを補ってあまりある長所がありま す」

「ジ、ジン……」

「へぇ……じゃあ、ぜひとも教えてもらいたいわね」

「はい。……リュシカの長所……それはほどよく肉がついたムチムチな太ももです！」

「……ジン？」

「ほう……いい着眼点ね」

どうやらお眼鏡（めがね）にかなったらしい。

俺は目玉商品を売り込む商人のようにリュシカのいいポイントを説明し始めた。

「リュシカは魔法の研究で座り作業が多かった。その分、レキやユウリに比べて肉づきがいいんです。彼女の黒ニーハイソックスの上にわずかに乗った部分が何よりの証拠！」

「ジン!?　変にそっち方面で張り合わなくていいんだぞ!?　帰ってきてくれ！」

「俺はあの太ももに顔を挟まれたなら気持ちが良いだろうなと思ったことが何度もありま

す」

「や、やめてくれ……恥ずかしくて死んでしまう……」

赤くなった顔を両手で覆いながら、ヘナヘナとその場に座り込むリュシカ。

その際にもリュシカのムチムチ太ももは自然とくっつき、隙間など存在しなかった。

「……他にもお尻編もありますが……まだ言葉が必要ですか？」

「……いいえ。新郎くん……いえ、ジンくん。あなたはきちんとリュシカの良いところをわかっていた。その愛に疑いの余地はないわ」

「ありがとうございます……！」

俺たちは歩み寄り、ガッチリと握手を交わす。

どうやらお姉さんに認めてもらえたようだ。

後ろで「おぉ～」とレキとユウリが拍手してくれていた。

「これ以上、私から言うことはないわね。今後も存分に太ももプレイを楽しみなさい」

「そんな特殊なプ、プププレイをするか！　まだ私たちは普通にだって済ませていないんだぞ！」

「……え？」

「……あっ」

リュシカの耐えられる限界を超えてしまったのだろう。

いつもの彼女からはまず考えられない失言。

それに気がついたからリュシカは自分の口を手で塞ぐ。

一方でお姉さんから信じられないものを見るような目を向けられた。

「あなたたち……まだヤってないの？」

「……そうなりますね」

「……嘘でしょ……。もう夫婦なのに？」

「まだ結婚式も正式に挙げられていないのに手を出すわけにはいかないと考えています」

「私なんか毎回手を出してから結婚式よ？」

それはお姉さんがフリーダムすぎるだけだ。

しかし、どうやらエルフにとってその考えは理解できないことらしい。

彼女は何やら思案にふけると、ブツブツと呟き出す。

「……いいでしょう。私もやることができたわ」

そう言ってお姉さんは握手していた手を放して、リュシカのもとへ歩み寄る。

「……リュシカ、任せておきなさい。姉としてあなたのためにいいことをしてあげる」

「……もうすでに嫌な予感しかしない……」

「たまには信用しなさいよ」

「背徳感を味わいたいからって理由で私の部屋に男を連れ込んで楽しんでいた姉を？」

あっ、目を逸らした。

自分の姉にそんなことをされた日には、やさぐれる自信がある。

誰が好きで身内と知らない男の体液が飛び散ったベッドを使わなければならないのか。

「……あなたが部屋に入ってくる前に気づいて、魔法で部屋ごと燃やし尽くしたあの日ね。懐かしい思い出だわ」

「私からすれば消したい記憶なんだけど……」

「と、とにかくそういうことだから！　楽しみにしておくことね！」

形勢が不利と見たお姉さんはそれだけ言い残して、どんちゃん騒ぎしている男衆の中へと消えていった。

……嵐のような人だったな。

「リュシカ〜！　愛しのお兄ちゃんがよみがえったぞ〜！」

「入れ替わりで面倒くさいのがやってきた……」

そして、また先ほどより強い嵐がやってきた。

どうやら復活していたらしい。

エルフォンさんと似た柄の和装をして、クルクルと回転しながら移動している。目が回らないのか……器用な人だなぁ……と眺めていると、急に方向転換して俺の方へとやってきた。

「死に晒せぇ、結婚詐欺師!!」

「うぉっ!?」

上体をのけぞらせると、ちょうど鼻面を足がかすめていく。

俺はのけぞった勢いのまま後方へ宙返りして体勢を立て直した。

「斬るか」

「まぁまぁ、レキちゃん。私たちがやらなくてももっとおかんむりな人がいますから。そちらに任せましょう」

「むっ……なら、我慢する」

ユウリの言うおかんむりな人を見たレキは、呼び出した【聖剣】を仕舞う。

さて、問題はここからだ。

どうやって問題を大きくする前に、この場を収めるか。

「ゲインさん、落ち着いてください」

「なに!? いつ俺が名前を呼んでいいと許可を出した!?」

さっきはお兄さんと呼んだら怒っていたから、名前で呼んだのに……。

しかし、今ばかりは無視だ。

あの人がかばうようにして立っているリュシカが般若も恐れる形相をしているから。

小さい子が見たら、夜眠れなくなってしまうレベルの。

「このガキ……結婚するなど嘘をついて妹を騙しやがって……俺が生きている内は絶対に許さん！　許さんぞ！」

「エルフォンさんとカルネアさんは許可をくださいました！」

「なに……!?　あの二人もすでに……とんだ悪党だな……」

ご家族の名前を出せば正気になるかと思ったが、彼の中ではリュシカ∨家族の図式が出来上がっているらしい。

裏を返せばそれだけリュシカを大切に思っているということだ。

そこを突けば説得もできるんじゃないか？　……よし。

「リュシカってとても可愛いと思いませんか!?」

「「っ!?」」

あぁ、やっぱり兄妹だな。

驚いた時の表情までそっくりだ。

「いつもこまやかな気配りをしてくれるリュシカが大好きです！　旅の道中はいつも夜番を真っ先に引き受けてくれました！」

「ま、待って、ジン。みんなもこっち見てるから」

「格好付けるのに恋愛知識が全部恋愛小説なところもウブで大好きだ！　頼りになる性格とのギャップがすごくいい！」

「ジン……それ以上みんなに聞かれるのは死んじゃう……」

「いいや、聞いてもらう！　それくらい俺はリュシカが好きだから！　ゲインさんもリュシカは素敵な女の子だと思いますよね⁉」

「……お前と同じ意見を持つのは心底嫌だが……確かにリュシカは優しく、笑顔が素敵な子だ」

そう言ってゲインさんは着物の内側から木の指輪が通ったツタのネックレスをこちらに見せてくれる。

「これはリュシカがまだ小さい頃、俺へのプレゼントとしてくれたものだ。不器用な妹が手を怪我してまで……作ってくれた……」

「…………」

思い出を語り始めたと思ったら泣き始めた……。

だ、だけど、これでいい。怒って話が進まないよりいくらかマシだ。

「そして、これを渡す時に確かに言ってくれたんだ。『お兄ちゃんがいつまでも独り身だったらリュシカが結婚してあげる』って」

なのに……！　とシスコンは続ける。

「リュシカは今、お前と結婚すると言っている……！　だから、俺はお前が許せない……！」

とんだ私怨である。

妹が大好きなのは結構だが、そんなことで認められないわけにはいかない。

「押し通してでも許してもらいます。リュシカは俺がもらう！」

「寝惚けたことをほざくな！　まともな感性をしていればリュシカを嫁にするなどという奴がいるわけないだろう……！」

「「「……え？」」」

ゲインさんの物言いにオーディエンスと化していたレキたちも思わず声を漏らしていた。

「だって、そうだろう⁉　リュシカは料理ができないんだぞ⁉」

ゲインさんの言葉の矢はリュシカの胸に突き刺さる。

彼女は先ほどカルネアさんに言われたのと同じところを突かれてダメージを負っていた。

怒気に満ちていたはずの顔がみるみるうちにうつむいていく。

「それにリュシカは掃除もできない！　いつも自室は文献の本でグチャグチャだった！」

グサリとまた一本、リュシカを貫いた。

おい、後ろを見ろ。冗談めかして励ましていたカルネアさんの言葉と、俺と同じ男であるお前の言葉の重みの差がわからないのか。

「さらに男の大好きな胸もない！　女としては失格だろう？」

グサリ。

……なんだ、こいつ。

リュシカを好きだって言うのに、どうして平然とそんなことが言えるんだ？

「あげくに人間からすれば高齢！」

――ブチンと自分の中でなにかが切れた音がする。

俺は、後ろで守っているつもりの彼女がどんな表情をしているのか気づかないバカへと歩き出す。

気がつけば【聖女】の加護がかけられていたあたり、俺たちの想いは一緒のようだ。

「俺はリュシカを愛しているからもちろん気にならない！　だが、人間であるお前が到底許容できるとは思えない！　故にお前はリュシカを騙そうとしている詐欺師に決まって

「――」

「――歯を食いしばれ、クソ野郎」

「がふっ!?」

言うと同時に顔面に拳をぶち込む。

ひざをついたゲインは何が起きたのかまだ理解できていない様子で、こちらを見ている。

「シスコンの割に何もわかってないんだな。あんたこそ口だけの詐欺師だよ」

俺はそんな彼の目の前にしゃがみ込み、襟を摑んでグッと引き寄せた。

「俺の方がお前が何千年という時をかけてリュシカに注いだ愛よりも、ずっとずっとリュシカを愛している」

自信を持ってはっきりと言える。

冗談だった？　身内だから？

リュシカが傷ついているのにそんな言葉で済むと思うなよ。

「よかったな。殴ったのが俺で。……じゃないと、お前いまごろ意識が飛んでいただろうな」

レキとユウリの怒気を感じられないボンクラは、エルフの里にはいないだろう。

大気を揺るがすほどの迫力ある怒りのまなざしがゲインを突き刺していた。

「二度と俺たちの結婚に文句を言うな。ここにいる全員に誓え」

「………………」

「……くだらないプライドだな」

こんな男に構う時間ももったいない。

投げ捨てて、ずっとうつむきっぱなしのリュシカのそばに寄り添った。

「立てるか、リュシカ？」

「……ジン……すまない」

「なんでリュシカが謝るんだ。何も悪いことなんかしていないだろ」

俺は取り出したハンカチをリュシカの目元に当てる。

……さて、これからどうしようか。

現状、俺はエルフ族の族長の息子をぶん殴ったわけだが……。

「……あ〜、ジンくん。少しだけ時間を俺にくれやしねぇか？　大丈夫だ、父親として悪いようにはしない」

静まり返った空気の中、群衆をかき分けてエルフォンさんが前に出てきた。

俺はハンカチをリュシカの手に握らせて、立ち上がり頭を下げる。

「……せっかくのめでたい日に水を差してしまい申し訳ありませんでした」

「気にしなくていい。今のはこいつに非がある。このバカを教育できていなかった俺たちの責任だ。――おい」

「「はっ!!」」

「…………」

エルフ男衆は迅速な動きで、ゲインを縛り上げるとどこかへと連れていく。

その間、あの男は一切抵抗せず、連れ去られている時もずっとこちら……いや、俺を見つめていた。

その瞳は俺が憎いとばかりに燃えさかっていた。

「ジンくん。しばらくリュシカを連れて、エルフの里を回ってこい。いま俺たちに必要なのは時間だ」

「……そう、ですね。失礼いたします」

「レキちゃんとユウリちゃんはどうする？　二人についていくかい？」

「別に。ここでご飯の残りを食べるから片付けないで」

「私もレキちゃんに付き添っています。どうかお気になさらないでください」

「そういうことなら台所の女衆には俺から言っておく。俺たちはちょっと話し合いをしてくるから……そうだな、一時間後にまたここに集合といこうや」

エルフォンさんの言葉を皮切りに、それぞれが動き出す。

エルフォンさんやカルネアさんは彼らの家の中に入り、何人かの男衆はレキのテーブルに料理を運んでいた。

レキは次々に運ばれる料理を平らげていく。

……ここで冷静になれる時間が取れたのはよかった。

おかげで熱くなった頭を冷やすことができる。

俺はユウリとアイコンタクトを取ると、リュシカの手を引いてとにかくここから離れた場所へと歩き出す。

歩いて、歩いて……ちょうど座りやすそうな大木の根を見つけたので、そこに腰を下ろした。

彼女は確かに何千年と生きている。大人として、精神的にも俺より成熟しているだろう。

だが、それ以前にリュシカは女の子だ。

自分の好きな相手の前で、自分の身内から短所を並べられ、あまつさえ結婚に不適切な人材だと断言される。

こんなにも心をえぐるような仕打ちがあるだろうか。

グチャグチャになった感情をあの場で吐露しなかっただけでも、彼女は十分にすごいと言える。

「………」

肩が触れ合う距離。だけど、彼女は下を向いてばかりで、俺の方へ全く視線を向けてくれない。

ここは一つ。彼女の好みに合わせて、振り向かせてみようじゃないか。

「……リュシカ。綺麗な顔を見せてくれないのか？」

「……ふっ。ジンらしくない、まるで物語の王子様のような台詞だね」

「笑わないでくれ。自分でも似合わないのはわかっているんだから」

「あはは、それはすまなかった」

リュシカはやっと顔を上げて、綺麗な若草色の瞳を見せてくれる。

その目元はほんのりと赤い。

だけど、そこに触れるのは野暮だろう。

「すまないついでにもう一つ質問してもいいかい、ジン」

「もちろん。なんでもどうぞ」

「……私と結婚することを後悔していないか……？」

やっぱり後であの人はもう一発殴っておこう。

リュシカにこんな言葉を吐かせてしまった責任を取ってもらう。

「……さっき兄さんにあんな風に言われて……悔しかったけど言い返せなかった部分もあるんだ」

ぽつりぽつりとリュシカは漏らす。

「私はユウリのように料理もできないし、レキのように若くない。あと、年下の二人ほどの胸もない」

「…………」

「確かに考えてみれば私は誇れるところが少なくて――」

「――リュシカの髪はいつも良い匂いがするな。俺の好きな柑橘系の香りだ」

言葉を遮って、俺はすっかり自信をなくしているリュシカの肩を抱き寄せた。

これ以上、卑下するところを見たくなかったから。

……あぁ。今なら彼女たちが、俺に自分自身を卑下しすぎるなと言ってくれた気持ちが正しく理解できる気がする。

「俺の好みに合わせてくれていたんだろう？　旅の途中から匂いが変わったと思っていたんだ」

「……気づいていたのかい？」

「もちろん。あの時は気分転換なのかなって思っていたけど……今ならちゃんと理由もわかる」

小さな手を握りしめ、俺はリュシカの心に刻み込むように一言一句に強い想いを込めて告げる。

「そうやって俺の好みに合わせようとしてくれる。それだけでリュシカは素敵な女性さ」

「…………」

「リュシカが自分のダメなところを挙げていくなら、俺は同じ数だけリュシカの好きになった部分を教える」

「それは……すごく素敵だね。わざと自分の悪いところを挙げて、困らせてみようかな」

「いいよ、やってみようか？　必ず俺が勝つけど」

「……いや、大丈夫。その言葉を聞けただけで、すごく安心できたから」

リュシカはコテンと俺の胸元に寄り添う。

俺の手を握り返したと思えば、指を絡め合わせてきた。

こうして密着しているとリュシカの息が、体温が、直接伝わってくるから……俺は好きだなぁ。

「……ジン。大好きだよ。愛している」

　そう言って、リュシカは俺の頬にチュッと唇を当てた。

「……もう返品はできないから。絶対に放さないでほしい」

「元から返すつもりはないさ。言ったじゃないか。結婚を認めてくれないなら連れて逃げ帰るって」

「ふふっ、そうだったね。……もう少しこのままでいいかな？　今はそばでジンのぬくもりを感じていたい」

「もちろん。満足いくまで付き合うよ」

「……ありがとう。じゃあ、ずっとこのままで」

　そう言いつつもまじめな彼女のことだ。

　きっと一時間が経つ頃にはあそこに戻るのだろう。

　そういう誠実な点もリュシカという素敵な女性を形成する美点の一つだ。

　そして、俺の予想は見事に的中し、二人できちんとエルフォンさんとの約束の時間までに戻った。

Life 2-3 【エルフの宝樹】

「……さっきは言いそびれたけど……兄さんを殴ってくれてありがとう。じゃないと、スッキリしていなかったかも」

「あの物言いはなかったからな。流石(さすが)の俺も腹が立った。それに自慢の奥さんが罵られて、怒らない人間にはなりたくないから」

「それが聞けて、なおさら嬉(うれ)しいよ。ジンは私のために怒ってくれるんだね」

「俺だけじゃないさ。レキもユウリも、俺がやらなかったら殴ってたと思うぞ」

二人から発せられていたのは殺気に近い怒りだったからな。

本人にも言ったが、殴ったのが俺であいつは命拾いしたのだ。

レキなんかが殴っていたらエルフの里の端から端まで吹き飛ばされかねない。

「だから、二人にもお礼を言ってあげてくれ」

「それはもちろん――と噂(うわさ)をすれば」

宴会会場まで戻ってきた俺たちは談笑していた二人のもとに駆け寄る。

「あらあら。ずいぶんと仲良さそうに帰ってきましたね」

「おかえり、ジン、リュシカ」

目が笑っていない笑顔のユウリとお腹をパンパンに膨らませたレキが出迎えてくれた。

彼女たちのテーブルの周りには息絶え絶えのエルフ男衆とコック帽を被ったエルフ女衆がゴロゴロ倒れていたので、ずいぶんとこき使われたのだろう。

転がっている身内の姿を見て、リュシカはケラケラと笑う。

「そんなに美味しかったかい？」

「うん。エルフの里特有の料理もあってよかった。レシピ聞いたから、今度家に帰って一緒に作ろ」

「……！　……ああ。なら、美味しく作れるようにたくさん練習しないとね」

「私も料理できないから頑張る」

むふーと鼻息を荒くして、レキはガッツポーズを作ってみせた。

「もうすっかり大丈夫みたいですね」

「ああ……おかげさまで。ジンとキスもできて、すぐ立ち直れたさ」

リュシカはトントンと自分の頬を叩く。

ビキリとユウリの笑顔が固まった。

「恩を仇で返すとはまさにこのことですか……次は私たちが相手です」

「リュシカ……【聖剣】の錆になれ」

「いやぁ、泣き得だね。こうやって一歩リードできるんだから」

「リュシカさん、バイバイ！　永遠に！」

「うぉ〜!!」

ユウリは【聖杖】を、レキは【聖剣】を振り回しながらリュシカを追いかける。

だけど、今回ばかりは二人もやる気が……いや、ボコボコ地面に穴空いてるし、剣もしっかり刺さってるな……。

……え？　本気で追いかけっこしてる？

そろそろ止めに入った方がいいかと迷い始めたところで、リュシカが二人の方へ向き直った。

レキたちは得物をピタッと上段で構えたまま止まった。

「……改めて、二人もありがとう。あの時、私の代わりに怒ってくれて」

「……お礼を言われたからといって杖は下ろしませんよ？」

「えっ、あ、うん……。と、とにかく嬉しかったんだ。自分のことみたいに怒ってくれたのが」

「……えいっ」

「いたいっ⁉」

「追撃です」

「本当に容赦ない！」

　まずレキが脇腹にチョップをし、かがんだところにユウリが【聖杖】を頭にコツンと振り下ろした。

「……今さら何を言っているんですか。家族が悲しい目に遭っていたら怒る。当然のことです」

「うん。別にお礼を言われることなんかじゃない」

「それでも……私が言いたかったんだ。感謝の気持ちを」

「……そうですか。リュシカさんは私とレキちゃんに感謝しているんですね」

「あ、ああ。そうだけど……」

　リュシカがそう告げると、ユウリとレキは微笑（ほほえ）みながら人差し指を立てる。

「では、貸し一ですよ。今度は私たちがジンさんと二人きりになる機会をもらいますから」

「言質（げんち）取った」

「あはは……参ったなぁ」

口ではそう言うがリュシカの笑顔は晴れやかだ。

うんうん。どうにかリュシカの気持ちも底は脱したようでなにより。

俺たちは家族なんだからこんな風に互いを助け合える関係がいい。

そして、いつかおじいさんやおばあさんになった時。

記憶に残る思い出がみんなの笑顔で満ちあふれている人生を過ごしたいものだ。

「おお！　待たせちまったみたいだな」

「死屍累々（ししるいるい）……ほら、あんたたち。立ちなさい。お客様の前でだらしない姿を見せないの」

「「お、おす……」」「「は、は〜い」」

ちょうどいいタイミングでやってきたエルフォンさん。

そばにいたカルネアさんは倒れているエルフたちのケツを叩いて、撤収作業を開始させていた。

「実はこの一時間の間に見せたいものができた。いろいろと話しながら歩こうか」

「父さん……歩くってどこに？」

「そんなの決まってるだろ。この里で最も有名な場所さ」

「……ということは」

ニヤリと口元を釣り上げたエルフォンさんは俺の言葉の続きを紡いだ。

「ああ、お見せしよう。【エルフの宝樹】を」

◇◇◇◇

その偉大な生き物は空気感からして他と違った。

これまでエルフの里では小動物が絶えずに視界に入っていた。小鳥だったり、リスだったり、ヘビだったり……。

しかし、この目の前の偉大な生き物の周りにはそれらがいないのだ。

いや、この巨木以外の生命の気配が感じられない。

まるで己の支配するテリトリーによそ者の侵入を許さないかのように。

「紹介する。これがエルフの里を支える宝……【エルフの宝樹】だ」

首を真上に見上げても全貌が摑めない。

天まで伸びているんじゃないかと錯覚するほど……いや、本当に天まで達しているんじゃないか？

【エルフの宝樹】からすれば俺たち人間も小動物と変わらないんだろうな、と考えてしまうくらいの巨大さ。

光景と雰囲気もあいまって、宝樹のしなだれた生い茂る新緑はまさに天からの恵みのようだ。

「本来ならここには代々エルフの血を継ぐ者しか入ることが許されていない神聖な場所だ。……だが、俺たちは話し合った結果、リュシカと心を通わせるお前たちならば問題ないと判断した」

「それは光栄なことです……が、いいのでしょうか？　自分は先ほどご子息を殴った身ですが……」

「ああ、あれは倅が悪い。久しくリュシカに会えるとなって興奮しすぎた面はあるだろうが、あれは言いすぎだ。むしろ、俺がするべき役目を代わりにやらせてしまって申し訳なかった。……リュシカ」

「……なに？」

「いい結婚相手を見つけてきたな」

「……うん。私の人生を捧げられる人だよ」

リュシカがスッと腕を組んでくる。

それに合わせてユウリが反対側の腕に、レキが背中にドッキングする。

ジン・ファミリー完全体となった俺たちを見て、エルフォンさんが豪快に笑った。

「ふっ、家族仲が良好なのはいいことだ。そんな最高のパートナーである四人に頼み事がある。【エルフの宝樹】の前に連れてきたのも、そういう事情があってな」

なるほど。

ただの観光ではないと思っていたが、そういう理由があるなら納得できる。

とはいえ、全く頼み事の見当がつかないのだが……。

「もちろん自分たちに協力できることであれば」

「ありがとよ。今回、お前らがやってきたのはリュシカの結婚報告もあったが、もう一つ目的があったのは覚えているな？」

「うん。私たちの結婚指輪の作製」

六種族の同盟の証でもあり、メオーン王国の宝でもある。

まずはエルフ族に指輪に使用する宝玉をもらおうと俺たちはやってきた。

まだここに来てから一日も経っていないのに、あまりにも濃い時間を過ごしていたため頭から抜け落ちかけていたが目的の本筋はこっちだ。

「そう、結婚指輪。単刀直入に言えば、その指輪に使う宝石はこの【エルフの宝樹】から産出される」

「えっ？　宝石が……ですか？」

「驚いたか？　この木はただの木じゃない。それこそエルフにとっては神様と言っても過言じゃないんだ」

【エルフの宝樹】は厳かな雰囲気をまとっているが、これはエルフたちが作り上げた伝統がそうさせているのかもしれない。

みんなの信仰を一身に受け続けて、【エルフの宝樹】は様々な面でエルフの里を支え続けてきたのだろう。

「そして、神様には必ず神話がある。当然、【エルフの宝樹】にも……これを見てみろ」

そう言って、エルフォンさんはやけに古びた一枚の紙を広げてみせた。

これは……俺には読めないな。

ユウリとレキに目配せするが二人も同じようだ。

ならば、残るは頼りになる我らが【賢者】様だが……問題はなさそうだな。

「これは古代精霊語だね。エルフでもちゃんと読めるのは一部だと思う。私も初めて見たよ。まさか古代精霊語が使われている文献があるなんて……いったいどこに隠していたんだい、父さん？」

「あ、ああ……。それは……これがエル・リスティア家で族長が引き継ぐもので、滅多に見せるものじゃないからだ」

「へぇ……読んでもいいかい、みんな？」

「頼む。ちんぷんかんぷんだ」

「大丈夫。難しいことは書いていないから。……今回は簡素すぎて、逆に難しいけれどね」

そして、リュシカが読み上げた内容を俺はポーチから取り出した紙に書き連ねていく。

『【エルフの宝樹】に純粋なる愛を示せ。

さすれば、【エルフの宝玉】が与えられるだろう』

「「「……純粋なる愛？」」」

俺たち一同は首をかしげる。

なんと曖昧な言葉だろうか。それは単純に夫婦が仲良くしているところを【エルフの宝樹】に見せればいいのか。

それとも……。

「……いいですね。初体験がまさかお外でご神木に見られながらなんて……！」

興奮するユウリだが、一応！　ほんとうにわずかな可能性でそういうこともあり得るんじゃないかと俺も思っている。

昔の文献なだけに、こういう簡潔な答えかもしれないと否定はできなかった。

「ここに書かれている【エルフの宝玉】が結婚指輪に必要な宝石ってことで合ってる？」

「そうだ。だから、四人に頼みたいことは一つ」

「純粋な愛を【エルフの宝樹】に見せて……」

「【エルフの宝玉】を手に入れる……！」

……どうやら俺たちに課されたミッションはとても難解なものになりそうだ。

あの後、俺たちは空いている大木の家を一つ貸してもらい、しばらくそこで生活することになった。

階層ごとの面積もそこそこあるのに、それが四つもあるので四人で暮らすには十分すぎる広さだ。

中の家具もエルフらしいこだわりで全て木製。

リュシカによると大木を切り抜いた中身で製作しているらしい。

そんなツリーハウスの四階。寝室に俺たち四人は集まっていた。

「いやぁ……まさかこんなことになるとは思いませんでしたね」

「あぁ、そうだな」

「【エルフの宝玉】……結婚式のためにも絶対に手に入れないと」

「あぁ、そうだな」

「しかし、条件が曖昧すぎる。先人たちはもっと詳しく後世のために資料を残してもらいたいね」

「あぁ、そうだな」

「……ところで、ジンさん」

「あぁ、そうだな」

「こっち、向いてもいいんですよ？」

「絶対に向かない……!!」

さっきから心を無にして、俺は「あぁ、そうだな」と繰り返すだけの男になっていた。

なぜなら、俺の背後では三人が寝間着に着替えているから。

さっきから下着を身につける衣擦(きぬず)れがして、とても精神的によろしくない。

もう何度も共に夜を過ごした――健全に――が、いつまで経っても俺はドギマギしてしまう。

おそらく童貞を卒業した大人の男ならば心に余裕があるのだろう。

残念ながら俺は童貞である。

きっと卒業するまで一生こういうイベントには慣れないんだろうなという予感があった。

「どうして誰も浴場で寝間着を着てこないんだよ！　おかしいだろ！」

「だって、私たちの使命は【エルフの宝樹】に純粋な愛を見せること」

「そのためにもジンさんにはいっぱいムラムラしてもらって欲望を溜めてもらわないといけませんからねっ」

「はい！　この愛は欲望に穢れてると思います！　純粋じゃないです！」

「そうでしょうか？　一糸まとわぬ体と体の交わり……まさに純粋な愛だと思いませんか？」

さすが変態……！　すぐにそっち方面に理論をつなげてくる……！

むぅ～と抗議の声が聞こえてくるが無視だ、無視。

……ったく、ユウリは男の性欲を舐めている節があるんじゃないか。

旅をしている時は本当の意味で心安まることが少なかったからそういう衝動に駆られることはなかったが、最近はその反動なのか何でもかんでも反応しがちである。

早く元の感覚に戻ってほしい……。

「ジン、いいよ。髪乾かして」

「……あー、うん。【清風(ウインド)】」

「〜〜〜」

寝間着を着て、ひざの上に座ったレキの髪を風属性魔法を使って乾かしていく。

彼女の寝間着は前後の生地をつなぐのが二本の肩紐(かたひも)だけというずいぶんと涼しげなタイプだ。

……ところで、俺とレキの座高の差は結構あるのをご存じだろうか。

彼女をこうやってひざに座らせたら頭のつむじが見えるくらいには差がある。

つまり、俺は真上から彼女の胸元なども丸見えなわけで……今みたいに適当に着ただけじゃダランと胸元に隙間ができるんだよ、畜生！

【清風】を止めて、俺はレキの寝間着の肩紐をしっかりと引っ張って結び直す。

「ん？　どうしたの、ジン？」

「医療行為」

主に俺のための。

「ふーん。変なジン」

「……レキ、今度一緒に新しい寝間着を買いに行こう。俺が選んでもいいか？」

「……それってデートのお誘い？」

「そうだな、デートだ」

「やった〜。行くっ！」

「なら、決まりだな。ほら、乾かすぞ〜」

よし、これで髪を乾かす際の視線の居所問題も解決しそうだ！

レキがお風呂上がりに髪を乾かしたり、朝に髪を結ぶ時間が好きなのはわかっていたから、そこを削らずになんとかしたかったんだよなぁ。

「え〜？　レキちゃんだけズルくありませんか、ジンさん」

後ろから首に腕を回して、しなだれかかってくるユウリ。

暴力的な乳圧が俺の理性を襲うが、とっさに右足を左足のかかとで踏み抜いたおかげで平常心を保つことができた。

痛みで性欲は相殺できる。王城で一緒に暮らすようになってから身に付けた知識である。

「ん？　じゃあ、ユウリも行こうか」

「もちろんレキちゃんとは別ですよね？」

「ははっ、流石にそれくらいはわかるよ」

ここでレキの買い物と一緒に！　って言い出すのは鈍感を通り越していて、人の機微に疎すぎると思う。

　前までならためらっていたが、これでもプロポーズをして何ヶ月も経った身。

　デートくらいならお安いご用だ。

「私は……今回は身を引こうかな。さっきの借りをここで消費させてもらう」

「ぶ〜！　ダメです〜！　貸しを使うタイミングを使うのは私たちなので」

「……それもそうか。なら、ジン！　私も王都に帰ったらデートに行くぞ！」

「わかった。日程は王都に帰ってから追々決めるとしよう」

「だね。その王都に帰れるのもいつになるかわからないのが現状だからね……」

「だから、言っているじゃないですか。全裸で合体！　これ以外にありません！」

「……一応、本当に最後の最後の最終候補としてそれも残しておく」

「本当ですか！　やった〜！」

「嬉しいのはわかったから指で作った円に指を突っ込むのをやめなさい!!」

「は〜い」

　ボフンと音を立てて、ユウリはベッドに飛び込む。

　ちなみにここでもベッドは一つしかない。

　なぜなら、三人がエルフォンさんにそう要望したからだ。

当然、俺も反対したが残念なことに三対一。絶対に勝てない運命にあった。

「……はい、できたよ、レキ。毛先までバッチリ」

「ありがと。……うん、スッキリ」

絡まることなく、さらさらと流れる綺麗な金色の髪。

我ながら上手にできて満足である。

「ほら、レキ。俺たちもベッドに行こう」

「うん。でも、その前に」

体の向きが対面するように体勢を変えると、彼女はそのまま俺に抱きついた。

「ラブラブチュッチュ」

「あれ？　会話聞き逃してた？　急にすごい要求が飛んできてびっくりしたんだけど……」

「ラブラブチュッチュ。夜にするって言った」

「はい！　私もちゃんと聞いていました！」

「過去一信用できない証言者が出てきたな……」

そして、実際に言った覚えがなかった。

こういう要求に関してはきちんと覚えておかないと後で自分が痛い目に遭うとわかっているので、約束したことは把握しているんだけど。

頭を悩ませていると、横から助け舟を出してくれたのはリュシカだった。

「私は兄さんの相手をしていたから正確に聞き取ったわけじゃないけれど……確かユウリが『するなら夜で』とレキをなだめて、ジンは特に否定せずに会話が終わった気がするよ」

とんでもないマッチポンプだった。

ユウリを見やれば下手くそな口笛を吹いている。

リュシカが補足してくれたおかげでおぼろげに当時の状況が浮かび上がってくる。

あのシスコンがそんなことを言いながらやってきて、それにレキが反応したんだったっけ……。

「だから、ラブラブチュッチュ」

レキの純粋なまなざしがキラキラと輝く。

うっ……な、なんて可愛さだ！　そんな上目遣いでお願いされたら叶えたくなってしまう……！

レキたちはもっと深い関係になりたいのに我慢してくれているのだ。

一方的に我慢ばかりさせるのは健全な関係とは言えないだろう。

感謝の気持ちと愛を込めて、受け入れよう。

「……よしよし。これでいいか？」

「……ダメ。こっちも」

抱きしめ返した俺の腕の中でもぞもぞと動くレキ。

顔を抜け出させたと思えば、そのまま俺の首元に吸い付いた。

……これがチュッチュにあたる行為なのだろうか。

そのましばらくされるがまま好きにさせておく。

「……ん、これでよし。満足した」

レキはサムズアップして、ベッドへと旅立った。

ひざの上にあったぬくもりがなくなったので、俺もベッドに移動しようとするとハァハァと息を荒くしているユウリが背後に立っていた。

「レキちゃんに許したなら次は私もいいですよね⁉　ねっ⁉」

圧が強い。

語気も。鼻息も。視界に映る巨乳も。全ての圧が強い。

「……激しいことはしない？」

「しません！　軽く！　先っちょだけです！　本当に先っちょでチュチュッとするだけですから！」

レキに許可を出した時点でこうなると予想できていたので、俺は腕を広げる。

ユウリは主人にじゃれつく愛犬のように飛びついてきた。

あまりのはしゃぎっぷりに落ち着かせようと頭をなでると、彼女はグリグリとさらに強く顔を押し当ててきた。

「うへへ……ジンさんになでられてる〜。これがたまらないんですよねぇ〜」

一切の躊躇(ちゅうちょ)なく、とろけた表情になるユウリ。

……これはよそでは絶対に見せられないな。

勘違いをした変な虫が湧いて寄ってくる。

そう思うと、ユウリを抱きしめる力が自然と強くなってしまう。

彼女は決してそれを嫌がらず、むしろ自分からもより密着度が高くなるように腕を首元に伸ばした。

彼女の手が頬(ほお)に添えられたと思うと、軽く唇が触れた感触がした。

それからもう一回。少し間を空けて、さらに一回。今度は連続して二回、三回とユウリのキスが頬に、首筋に集中砲火された。

「……いっぱいチュッチュしちゃいました」

「有言実行だな」

「はいっ。ジンさんからお返しをしてくれてもいいんですよ？」

そう言って、ユウリは健康的な首筋を見せてくれる。

傷一つないきめ細かな肌を俺だけが汚せるという背徳感はとても魅力的だが……今日は誘われてしまうと我慢が利かなくなってしまいそうなので辞退しよう。

「お返しはまた今度にするよ」

「それは残念です。でも、楽しみもできましたから、今日はこれで良しとしましょう」

最後にもう一度、頬にキスをしてくれたユウリは満面の笑みでレキの隣に寝転んだ。

さて、残るは一人。

当然、彼女だけ省くなんて真似(まね)はしない。

「リュシカもするのかな？」

「わ、私は……うぅ……でも……」

尋ねると純情な彼女はうんうん……と何度もうなりながら、悩ましげな表情でバツ印を作った。

「お、お昼は流れがあったからできたが……や、やっぱり無理だ！　私はそういう雰囲気じゃないとまだできない……！」

「リュシカさん、いいんですか？　ジンさんからしてくれるなんて滅多(めった)にないですよ？」

「リュシカ。勇気を振り絞って」

「……ダ、ダメなんだ！　特に今は、感触がよみがえってきて……もう一度してしまえば、私はきっと……キスに……」

二人が励ますも、リュシカの決意は固いらしい。

俺としてもいつでもどうぞという状態だったので少しさみしいが、彼女には彼女のペースがある。

わざわざ急かす必要もないだろう。

「そっか。なら、やめておこう」

「ああ……。決して嫌いになったわけじゃないからな!?」

「ハハッ、少しもそんなこと思わないよ」

「そ、それならいいんだが……」

「心配ならハグだけでもしようか？」

「か、からかわないでくれ……まったく……」

どうやらリュシカの照れはほぐれたらしい。

頬にさしていた赤みも引き、いつもの凛々しいリュシカに戻っている。

「ほら、ジン。早くここ。そろそろ寝る」

「ちゃんといつものポジション空けていますよ～」

「ベッドも王城のと同じくらいふかふか。よく眠れそう」

眠れないんだよね。君たちに挟まれるから。

と思いつつも、抵抗してもあそこに押し込められるのがわかっているので、俺もベッドへと上がって真ん中に寝転がる。

両サイドにリュシカとユウリがほとんどゼロ距離で陣取り、レキが毛布と一緒に俺の上へと倒れ込んだ。

うん……本当にいつも通りの就寝時光景。

「明日の朝、何をするか考えましょうか」

「そうだな。ひとまずはみんなのしたいことをするのがいちばんだろう」

「決まりですね。今日はいろいろとありましたから、きっと頭も明日の方が回るはずです」

ユウリの言う通りだ。今日は俺も少し疲れてしまった。

結婚のご挨拶。シスコン野郎との一騒ぎ。【エルフの宝樹】と【エルフの宝玉】の件。

一日で消化するには量がいささか多い。

一度、寝ることで脳を整理させた方がいいだろう。

「ジンさん、おやすみなさい」

「……すぅ……すぅ……」

「相変わらずレキは一瞬だね。ジン、おやすみ」

「……あぁ、おやすみ」

今日も耳元に彼女たちの寝息が聞こえてくるまでの戦いが始まった。

規則正しい寝息だけが聞こえるようになった部屋。

私の大切な家族である三人はすでに夢の世界へと誘われている。

一人だけ乗り遅れた私は隣で眠る青年の寝顔を見つめていた。

「……ジン」

そっと彼の手を取り、そのたくましい腕を胸に抱く。

大好きだった人から関係は変わって、私の一生の愛を捧ぐ人になった。

空から降り注ぐポカポカと暖かい日の光のように、私たちを優しさで包んでくれる人。

彼の優しさはどんな相手にだって注がれる。

性別も、種族も、身分も、ジンの前では関係ない。

彼のすごさは相手を信じる力だと思う。

以前、ジンは『俺が心を開いて接しないと、相手だって心を開いてくれないから』と言っていた。

言うは容易(たやす)いが、実行するのは難しい。

実際に彼はその信念を実行して魔王軍を寝返らせているのだから、これ以上の説得力はないだろう。

助けたいと思った相手には惜しみなく自身のできる限りをしてくれる。

どんなに深い水底に心があったとしても、同じところまで降りてきて手を差し伸べてくれる。

だから、彼の周りには自然と人が集まり、彼を好きになる人だってたくさんできる。

ウルヴァルトだって彼の人のよさにほだされているし、先日レキにお姫様抱っこをされるという一幕があったが、すれ違う使用人たちはみんな微笑(ほほえ)ましそうに二人の様子を見ていた。

特に孤独に苦しんで、愛に飢えているような人種には劇薬になる人だ。

おかげで恋慕されることも多いのだが、彼はほとんど気づいていない。

認識させるには私たちみたいにどんどん押していくしかないのだ。

「……すまなかった」

そっと彼の手を労(いたわ)るようにさする。

そんなジンが今日、明確な怒りを持って拳を振るった。

あの時は驚いてしまったな。

まさかジンがほとんど初対面の相手を殴るなんて見たことがなかったから。

……確かに兄さんが口にした言葉は私の心を傷つけた。

愛している人の前で、己の不出来な箇所を晒(さら)されて。

だけど、それはどれも身に覚えのある事実だからこそ私は傷ついたのだ。

つまりは私の未熟さが招いた出来事。

私のせいで、彼の優しい手をそんなことに使わせてしまったのが悔しくて、悲しかった。

そして、今は彼が私のために怒ってくれた事実を少しでも嬉(うれ)しいと感じてしまった自分が恥ずかしい。

迷惑をかけた。

挙げ句の果てに慰められて、女として褒められて舞い上がって、キ、キスまでして……。

「ううう………」

穴があったら入っていたい。滝があるならば頭から打たれたい。

年の差が二千年以上もある男の子に気を遣わせているんだ。

……いや、わかっている。

彼はそんなささいなこと気にしない。私だって逆の立場だったら全く気にかけない。

むしろ、ジンの役に立てて嬉しいとさえ思う。

これはレキやユウリだって一緒のはず。

だが、これは完全に私のささやかなプライドの問題だ。

寝る前の一件だって、そう。

昼にあれだけ慰めてもらったのに、あそこで抱きしめ合ってあまつさえ甘いキスなんてしたら、もう年上としての威厳はゼロに等しい。

そんなプライドから断腸の思いで断った。

……ちょっとだけ後悔している。

そして、明日以降、今日の分も取り返す気でいた。

ジンに委ねるのでなく、私から攻める形で。

「……覚悟しておくんだぞ……私が本気になればジンなんてイチコロなんだからな……」

ツンツンとジンの頬をつつく。

ツンツン。……ツンツン。指の位置はちょっとずつ移動していき、彼の唇に触れる。

……実を言うと、ラブラブチュッチュを避けたのにはもう一つ理由がある。

私はとある確信を持っていた。

これ以上、ジンとキスを重ねたら間違いなく沼に沈んでいく……と。

絶対にハマってしまって、抜け出せなくなる。

そんな予知にも近い、自信があった。

摂取量を見誤れば、私は常にキスを求める中毒者になるだろう。

……今だって無意識に視線が彼の唇にいってしまっている。

まだしたことのない唇同士のキス。

恋愛小説では幸福で胸がいっぱいになる、天にも昇る時間だと描写されていたが果たして私はどんな風に感じるのだろうか。

「………」

これ以上、考えるのはやめておこう。

ドツボにハマって抜け出せなくなりそうだ。

ジンの睡眠不足を笑えない結果になってしまうな。

「……明日が楽しみだな、ジン」

そう言って、私は今日たくさん頑張ってくれた彼の手へと唇を落とした。

………あれ？　いま私は無意識に何を……!?

キスしてしまってるじゃないか、アホか!?　私は!?

それから私が眠れたのは体のほてりが収まった一時間後だった。

「……あら？　おかしいですわね……。確かにこの辺りにジン様の魔力を感じたのですが……」


感知したジン様の魔力を追いかけて、（お父様には内緒で）魔王城を飛び出して数日。

ヒナたちがたどり着いたのは遠くまで見渡せる平野。

視界に広がるのは遮蔽物が一つもない草原で、当然ジン様たちの姿なんて見当たらない。

どういうことかしら？

ヒナが愛しい人の魔力を誤感知するわけもありません。

つまり、ここに何か仕掛けがある？

「……ヒナ。これ、やっぱり着ておかないとダメ？」

「当然ですわよ。これからジン様に会うんですもの。ヒナのお供であるあなたも印象よくしないいと」

「……うへぇ」

そんなに嫌な顔をするんじゃありませんわ。

妥協して普段のスタイルは許してあげたんだから、それくらい着ていなさい。

今のマードリィはヒナが持っている服の中で最も地味な服の上に、きちんと洗濯した清潔な白衣を羽織っている。それでもヨレは直らなかったのは誤算でしたけど。

あと、本人のこだわりなのか下着を全く着けていない。

締め付けられる感覚が嫌だって……まぁ、いいでしょう。よほどのことがなければ、パンツを穿いていないことがバレない丈のシャツを着させていますもの。

髪もなんとかまとまりましたし、これならば問題ないでしょう。

毛先がハネたままなのは仕方ありませんわ。あれを矯正するには時間がかかりすぎますし。

「……私は普段のが落ち着くのに……」

「あなた、鼻がひん曲がっているのでは？　とんでもなくエグい匂いでしたわよ？」

少なくとも一ヶ月はお風呂に入っていないのは確実でしたわね。

そんな体をゴシゴシ洗ったヒナに感謝してほしいくらいですわ。

「ところで、マードリィ。あなたの頭脳をちょっと貸しなさい」

「……なに？　脳筋なお嬢様」

「脳筋ですので、あなたの頭脳を使って差し上げますわ。感謝なさい」

相変わらず敬意の欠片(かけら)もない子。

この子、ちょっとでも人類側が魅力的な提案をしたらコロッと寝返りそうですわね、本当……心配になりますわ。

「ヒナ、確かにこの周辺で魔力を感知しましたの。魔力感知の精度は誰にも負けないと自負していますわ。なのに、ここにはヒナたち以外に人っ子一人いない。……これはどういうことかしら？」

「……隠蔽。可能性があるなら、これ」

「つまり、ジン様たちはここにいるけれどヒナたちには見えないってことかしら？」

「……そう。でも、その可能性は低い。もしこの草原に【隠蔽】の魔法がかけてあるなら、この草原はまやかし。けれど、ここにはしっかり生物の反応がある。なら、答えは……上か下」

そう言って、マードリィが指さしたのは空と地面。

空だったらヒナが気づかないわけがない。

なにせヒナたちは空を飛んで移動してきたのだから。

「……ということは、地下にジン様たちがいるということ？　地下で暮らすなんてできますの？」

「……できる。一種族だけ、そんな摩訶不思議なことが可能な種族が」

「……エルフ族！」

「……正解」

確かに魔法に精通したエルフならば地下に里を築くことくらい難しくない。

魔法には無限の可能性があるのですから。

それに勇者パーティーの中にはエルフの女もいました。

これはもう間違いないでしょう。

今まで魔王軍がその所在のしっぽすら摑めなかったのは、そういうからくりがあったのね！

「なら、問題は移動方法ね。地下なんてどうやっていけば……」

「……簡単。地中を掘り進めればいい。【召喚：機刃土竜】」

マードリィが魔法を唱えると、先端へ向けて鋭利になった、らせん状の刃が装着された機械が二機呼び出された。

それを持つと彼女は切っ先を地面へと突き刺す。

「これはあのドワーフ族が作った盾さえ貫く威力を持つ、私が作った発明品。これなら簡単に掘り進められる」

「なるほど！　あなた、いいものを作るじゃない！」

「……ただ一つだけ弱点がある。これはその威力を出すために制御が利かないから直進しかできない」

「ダメじゃないの！　もし、突き進んでエルフ族たちの里がなかったらどうしますの!?」

「……大丈夫。エルフの里も多分大きい。どこかでぶち当たる」

キュイイイインと甲高い音を出して稼働し始める【機刃土竜】。

すでにガリガリと地面を削り始めて、その刀身を地中へと消していく。

「私はもう行く。まさかエルフの里の手がかりが摑めるなんて……連れ出されてよかった。今は感謝している。あぁ、楽しみだなぁ。一人くらい生け捕りにして帰りたい……！」

あぁ、これはもうダメですわ。

未知を前にして興奮しているマードリィを止めるすべはない。

こうなった彼女は自分の欲望に従って行動するだけだ。

こうやって悩んでいる間にもマードリィは掘り進めていく。

……あ〜あ、せっかく着替えましたのにこれでは意味ないじゃありませんの！

ジン様に可愛い（かわい）ヒナを見てもらって悩殺する予定でしたのに！

「行きますわよ、マードリィ！　エルフの里へ出発進行ですわ！」

「了解。全速前進……！」

マードリィの手にヒナの手も重ねて、魔力を込める。

その瞬間、ヒナたちの体は一気に地中に潜った。

……これ風の魔法で防がないと口の中にめちゃくちゃ土が入ってきますわ……！

Life 2-4 俺はムチムチな太ももが大好きだ

「……すごい痕ができてる……」

「うん、力強く吸った。これで【エルフの宝樹】にジンと私が熱々な証拠を見せつける」

「……それで昨日はすごく力強くここにキスしたのね……」

翌朝。目を覚ますと首元がかゆかったので鏡を見やれば、しっかりと赤くなった痕が残っていた。

キスマークをつけた本人によると、どうやら意図があってのことらしい。

実際、これが有効なのかはそれこそ神のみぞ知るのでやっておくに越したことはない。

ちゃんと【エルフの宝樹】に見せるために俺も隠すのはやめることにした。

朝食を済ませた後、ひとまず現地でできることをしよう、となった俺たちは【エルフの宝樹】の前にやってきたのだが……。

「……あれ、なんだろう？」

「さぁ……？　ただカルネアさんのご主人のみなさんが作業されているみたいですが

……」

「……ここから見る限り小屋、かな。珍しいね」

「珍しいのか？」

「ああ、エルフは住居に関してはツリーハウスしか作らないから」

「へぇ……」

しかし、間違いなく造っているのは小屋の形だ。

それもずいぶんと簡素な……一時的にしか使わないような。遠目からでもドア、窓と必要最低限な造りに見受けられる。

「……早く川遊びしよ」

「……そうだな。俺たちに関係あるなら、声をかけられるだろう」

レキがグイグイと袖を引っ張るので、そちらへと足を向ける。

【エルフの宝樹】の周りには川が流れていた。

水が澄んでいて、とても綺麗だ。

深さも足首ほどで、川底まで見える程度には透き通っている。

「とりあえずこれで【エルフの宝玉】が出てきたらいいんだけど」

ひとまず俺たちはこの川で水遊びをすることにした。

純粋な愛の定義がよくわからない以上、何でも思いつくことはするべきだ。

俺たち四人は夫婦で、こうやって楽しく過ごすのも家族愛を深める時間になると思う。

「わかっていますか、ジンさん。ただ川で水遊びをするんじゃなくて愛を見せつけながら遊ぶんですからね」

「具体的には？」

「イチャイチャすればいいんですよ！　普段よりもスキンシップも激しめにいきましょう！」

この性女、ノリノリである。

大義名分を得たユウリは無敵だった。

リユシカにこの川の存在を聞いた瞬間、【転移魔法】で王城まで水着を取りに帰ったくらいだ。

いかに気合い十分なのかがよくわかるだろう。

「それじゃあ、ひと遊びといきますか」

「「「お〜！」」」

俺は脱いだ服を畳んで、濡れない場所へ置く。

水着は持ってきていないが、男の自分はパンツ一枚で十分。

　そろりとつま先から川面へと沈めていく。

「あぁ……冷たい……気持ちいい……」

「……うん。えいえいっ」

「わぷっ！　水かけるのが早い！」

　いちばん水遊びを楽しみにしていたレキが水をすくって、こちらへとかけてくる。

　俺の可愛い幼馴染はフリルが付いた水色ワンピースのシンプルな水着を着用していた。

　小柄で幼い顔立ちもあって、レキにはこういう可愛いタイプの水着がよく似合う。

　一部、お子様ではない部分がドンと膨れ上がっているが……。

「懐かしい。昔はこうやってよく遊んだ」

「そう考えたらこうやって水遊びをするのも久しぶりだな」

「うん。だから、すごく楽しい」

　ピスピースとダブルＶサインを作るレキ。

　片手で水をすくっては俺にかけ、すくっては俺にかけ……は、速い！　楽しいのはわかったけど、反撃できないくらい水をぶっかけられていた。

「おっ、やっているね、二人とも。私も交ぜてもらおうかな」

　次いで入ってきたのは長い髪をお団子にまとめたリュシカ。

胸元をフリルであしらったビキニを着た彼女は珍しく女性がうらやむほど細いウエストを露出している。

彼女のくびれた腰にはパレオが巻かれていて、彼女の長い足をより美しく見せていた。

「……どうかな、ジン？　見られて恥ずかしくないスタイルはしていると自負しているところなんだが……」

「……うん、すごくいい。とても似合っているぞ」

「ありがとう。……あー、それでなんだが、ジン。よかったら……触ってみないか？　こ こ……」

そう言って、リュシカが指さしたのは自分のお腹だった。

「えっと……いいのか？」

「ああ。私は体のいろんな場所をジンに好きになってもらいたいから。太ももにはすでにご執心みたいだし……なら、次に自信があるのはここかなって」

リュシカのお腹……普段は黒の帯ですっぽりと覆われていて絶対にお目にかかれない部位だ。

今だって滅多に見られないおへそがこんにちはしている。

触りたい欲がないと言うと嘘になる。

「私もいつもより触れ合いは多い方がいいと思うし……だから、ひと思いにやってくれ」

「……わかった」

俺はそっと両手を伸ばし、リュシカの細いウエストを摑(つか)んだ。

「ひゃんっ」

「……もちもちだ……」

決して太っているわけではない。

肌質なのだろう。触れた手を離さないとばかりにお腹の肌が吸い付いてくる。

なにより指先から伝わる女性の生身のリアルな質感が俺を興奮させていた。

「ど、どうかな？　楽しいかい？」

「ああ、すごい未知の体験をしているみたいで……」

「そ、そうなんだね。それならよかった」

「…………」

「…………」

見つめ合いながら無言の時間が続く。

……まるでこのままキスをしてしまうような雰囲気で——

「……ジ～」

「……お二人とも盛り上がっていますね」

「きゃっ⁉」「うおっ⁉」

レキとユウリに声をかけられて、彼女たちもいたことを思い出した。

いつの間にかすごく密着していたらしく俺とリュシカは慌てて距離を取る。

「わ、私はその……これも純粋な愛を見せるために頑張っただけで……！」

「そ、そうだ！　だから、無罪！　俺たちはセーフ！」

「別に浮気じゃないんですからジンさんは堂々としていいんですよ？」

……はっ！　それもそうだ。

つい二人の世界に入り込んでしまっていたから言い訳が口からペラペラと出てきたが、リュシカもユウリもレキも俺のお嫁さんだった。

……なんだ、この最強の布陣。無敵か？

今さら自分の置かれている恵まれた状況を自覚した。

「確かに私はイチャイチャしようと言いましたよ？　でも、今の二人の雰囲気は見逃せません」

「ど、どうして……？」

「ジンさんの初キスは私がいい……！　それとこれとは話が別……！」

すさまじいほどの私欲だった。

まぁ、振り切れていいと思うが。

……ちなみにファーストキスはすでにレキに奪われているのだが……今それを伝えるのは野暮か。

「というわけで、ジンさん！　次は私を見てくださいねっ」

「ああ、わかった」

「ちょっと待ってください。なんでさっきから悪霊を見る時みたいに指の隙間からなんですか？」

そうは言っても、それこそヒモだけみたいな過激な水着なんじゃないか……とおそるおそる視界に入れていく。

「……あれ？」

「どうしたんですか、ジンさん。私を凝視して……惚れ直しちゃいました？」

「惚れているのは元々なんだけど……思っていた水着と違ったから」

ユウリはサーフパンツに白のTシャツという肌色成分少なめのコーディネートだった。

裾の部分を結んで、お腹の部分は見せているがずいぶんと可愛らしい格好である。

ユウリはそんな俺の反応を見て、してやったりといった感じだ。

「もっと過激なのを着てくると思いましたか？」

「正直に言えば……はい」

「確かにそれも考えましたけど……ジンさん。肌を見せるだけが魅せ方じゃないんですよ？」

パチンとウインクするユウリ。

彼女は川の水をすくうと、Ｔシャツの上から自分の胸元にこぼした。

こ、これは……！

「ふふっ……濡れて中身……透けちゃってますね？」

重たくなったシャツは胸に張り付き、肌色が浮かび上がっている。

つまり、彼女の谷間にモザイクがかかったような状態だ。

もう一度、ユウリが水をこぼせば今度は肌色を囲うように桃色が覗(のぞ)けた。

おそらく彼女がＴシャツの下に着けている水着の色だろう。

……なるほど。これはとてもエッチだ……。

さすがは性女。自分の体がどうすればいやらしく映るか完全に把握している……！

「……どうですか、ジンさん？　見たくなっちゃいましたか……って、聞くまでもなさそうですね。ここに集まっちゃってます、熱い視線が」

ユウリはTシャツの上から自身の豊満な胸を指で押す。

ズプズプと沈んでいく様から、どれほど柔らかいか想像に容易い。

「遠慮はいりませんよ？　どんどん触ってくださいね」

「……いやいや、流石に真っ昼間からそんなことするわけには……」

「さっきリュシカさんのお腹を触りまくっていたじゃないですか！　おっぱいかお腹のさいな違いですよ！　さぁ、遠慮なくどうぞ」

ゴクリと生唾を飲み込む音が大きく聞こえた。

も、揉みたい……！　俺は今、猛烈に揉みたい……！

俺の脳内の悪魔がささやく。

おっぱいを一揉みするくらいならいいじゃないか、と。

俺の脳内の天使が注意してくれる。

こんなに据え膳をしてくれているのに触らないのは失礼に当たる、と。

意見は一致していた。

「………あ、あぁ……」

自然と両腕がユウリのおっぱい目掛けて伸びていく。

いけ……、やるならひと思いに……！

「うぉぉぉぉぉ！」

目を閉じてただまっすぐに両手を突き伸ばす。

ふにゅん。ぺたん。

……あれ？　なんだか想像していた感触と違うような……。

「……え？」

ゆっくりと目を開けば俺の手はレキとリュシカによって、彼女たちの胸へと誘導されていた。

つまり、この手にあるのは二人のおっぱいの感触……!?

「うん。これで万事解決」

「……ユウリの好きにはさせないよ」

レキはほんのり頬(ほお)を染め、リュシカは真っ赤になりながらも決して俺の手を放そうとしない。

「……二人とも邪魔しましたね!?　それなら私だって……！」

「むぐっ!?」

「「あっ！」」

視界が真っ暗になると同時に顔面が柔らかな双丘に包み込まれる。

こ、これは経験したことがある！

ユウリのおっぱい沼に今の俺は沈み込んでいる！

ま、待てよ……？

ということは、いま全身の感覚がおっぱいまみれ……!?

その事実に至った時、理性の限界に達した。

「ふふっ、赤ちゃんみたいに寄りかかってきて可愛……あ、あれ？　ジンさん？　ジンさーん!?」

意識が落ちる前に聞こえてきたのはユウリの慌てた声だった。


……眩しい。

目が覚めると、太陽の光がまぶたを刺激する……が、不思議とチカチカするような痛みはなかった。

水底から意識を引き揚げられた俺は身じろぎをする。

すると、俺を心配そうに見つめる水着姿のリュシカと目が合った。

「ジン！　目が覚めたんだね」

「ハハッ、なんとか……」

「意識を失う前になにがあったか覚えているかい？」

「ユウリのおっぱいに埋もれて、レキとリュシカのおっぱいを揉んだ」

「ご、ごほん！　そこまで鮮明に記憶が残っているなら大丈夫そうだ」

胸を揉まれた時を思い出したのか、リュシカの耳が少し赤くなる。

彼女は照れるとすぐに表情に出るからわかりやすくて、可愛い。

本当に何千年と生きてきたとは思えないくらい純情な乙女だ。

「二人は……？」

「私に任せて、あそこで作戦会議してる。……起きた時に大きい胸があったら、また刺激が強いかもしれないからって」

どんな配慮の仕方だよ。

リュシカの視線を追えばすでに水着から着替え終えた二人がいた。

目が覚めた俺に気づいたようで、手を振ってくれている。

ただ近寄ってこないのはリュシカの言った通り、俺に刺激を与えないようにするためだろう。

……いや、だから、どんな理由だよ。

「実はあの後、ジンは鼻血も出しちゃってさ。それでちょっと気をつけているのかも」

「わるい。心配かけたな」

「本当だよ。ビックリした。まさか意識を失っちゃうなんて……」

それだけ三人の胸の感触に興奮したというわけだが、それは口にはしないでおこう。

この秘密だけは墓まで持っていく。

「だから、もう少しここでゆっくりしておくといい。まだ帰るような時間でもないからね」

そう言ってリュシカは俺の頭を優しくなでてくれる。

……そういえば、さっきから気になっていたんだが。

「……もしかしてリュシカ。膝枕してくれてる？」

「……うん、熱弁するくらいジンが好きな私の太ももでの膝枕。……どうかな？　痛かったりしない？」

「最高です」

「あはは、即答って。なら、よかった」

そうか……この後頭部のほどよい柔らかさはリュシカの太ももだったか。

頭を支えてくれているのだが、ちょうど俺にピッタリな柔らかさで王城の枕よりも寝心地がいい。

お昼過ぎの暖かさと、安らかな川のせせらぎが環境音となって油断すればもう一眠りしてしまいそうな居心地のよさだった。

心安まるとはまさにこのことだな。

「リュシカは着替えなくてよかったのか？　濡れたままだと風邪を引くだろう？」

「問題ないよ。先に体は拭いているし、暖かいから」

「それならいいんだけど」

「だから、しばらくはこのまま膝枕できるよ？　せっかくだから何かおしゃべりでもしようか」

その申し出はありがたい。

頭を回しておかないと寝てしまうと夜に眠れなくなりそうだ。

ここで寝てしまうと夜に眠れなくなりそうだ。

ベッドで三人に囲まれた状態でずっと起きているのはきついのが正直な感想だ。

「そういえば、さっき思ったんだが……ここの太陽って見上げても眼が痛くならないよな。雲も一つもないし……」

「あぁ、それはあれが魔法で作られた疑似太陽だからだよ」

「……疑似太陽？」

「そう。魔法で作られた太陽……というより大きな空に浮かぶ照明と言った方がわかりやすいかもしれないね」

「ツリーハウスの【光球（ライトボール）】みたいな？」

「正解だよ、ジン。エルフの里は吹き抜ける風も、流れる川の水も全て魔法から生まれているからね」

「……それってどういう……」

「そうだね……ジンはもう私の夫だからいいか。実はエルフの里は普段私たちが暮らしている地上じゃなくて、地下にあるんだよ」

「え？　地下に？」

とんでもない機密情報を聞いてしまったのではないだろうか。

ただの昼下がりのおしゃべりからとんでもない話に発展してしまった。

「だから、【転移魔法】が使えて、かつ居場所を把握しているエルフじゃないとここには来られないわけ。唯一、例外があるとすればたまたま地中を掘り進めたらここに出てしまったくらいだけど……今までそんな事例はないから気にしなくていいと思う」

「魔法を極めると、そんなことまでできるんだな……」

「ああ……だから、私は魔法を研究したんだ。そうしたら【賢者】の加護まで授かって……それでも全ての魔法を理解できていない」

例えば、とリュシカは続ける。

「この木がなんで【エルフの宝樹】なんて呼ばれているかわかるかい？」

「いや、さっぱり……」

「答えはね、この木の持つ魔力がエルフの里を支えているから。さっき説明した疑似太陽も、生み出される川の水も、気持ちいいそよ風も、全部【エルフの宝樹】の魔力をもとに発動している」

「……木って魔力を持つのか……？」

「世界には一部そういう代物があるらしい。このご神木みたいに魔力を持って生まれるものがね」

……初めて【エルフの宝樹】を見た時に肌に感じた荘厳さは本当にこの木のものだったんだ。

【エルフの宝樹】は間違いなくエルフの里を支えてきた自負を持っている。

数えるのも気が遠くなるような年月もの間、エルフの里を支えてきたプライドを。

「そもそもエルフの里が地下への移動を決めたのは、【エルフの宝樹】を見つけたからとされているんだ」

「……外敵に見つからずに、自分たちの世界を維持できるからか……」

「そういうこと。だから、エルフの里は魔王軍に侵攻されずに生活できている」

それはエルフたちからすれば【エルフの宝樹】様々だ。

神様と崇める気持ちも理解できた。

「じゃあ、もし【エルフの宝樹】が枯れたりしたらどうなるんだ？　エルフの里が維持できなくなるんじゃ……」

「それは心配いらない。【エルフの宝樹】は魔力を栄養に変えて根っこに蓄えているから、枯れることはないんだ」

「……すごいな、【エルフの宝樹】」

「すごいんだ、このご神木様は」

そう言って、リュシカは【エルフの宝樹】に向けて手を合わせる。

「私たちの人生が良い方向に行きますようにって祈っておいた」

「ハハッ、それはいいな」

俺もリュシカの見よう見まねで【エルフの宝樹】に俺たち四人の結婚生活が楽しいものでありますようにと願いを込める。

「リュシカ〜！　ジンくんたち連れて、一緒にこっちまで来てくれる？」

ちょうど話が一段落したところで、カルネアさんが俺たちを呼んでいた。

エルフ男衆のねぎらいにでも来たのだろうか。

「……残念。もう終わりみたいだ」

「……行かないっていう選択肢はないか？　俺はもう少しリュシカの膝枕を堪能したい」

「とってても魅力な提案。でも、あんまり待たせるとカルネア姉さん、すごく機嫌悪くなるよ？」

「……仕方ない。またしてもらうとしよう」

「ジンが望むなら膝枕くらい、いつでも」

「約束だからな」

「私もジンを独占できて嬉しいから、絶対に破らないよ」

その言葉を聞いて俺はゆっくりと立ち上がる。

レキとユウリもこちらに駆け寄ってきた。

「ジンさん。大丈夫ですか？　一応、【回復】はかけておきましたが……」

「おかげで倒れる前より元気なくらいだ。迷惑かけたな」

「そんなことないです。私もまさかおっぱいでジンさんが意識を失うとは思わなくて……」

「いや、そこはユウリが気に病むことじゃないと思う」

「そうですか？　じゃあ、これからも押しつけて大丈夫ですか？」

「……時と場合によりけりで」

「はいっ」

……おっぱいを押しつけてもいい許可をもらって笑顔になるのは世界でユウリだけだろうな。

俺も役得だから、全然文句はないどころか本来ならお礼を言わなければならない立場なんだけど。

「ジン。元気になったなら教えてほしい。私の胸、どうだった？」

言えるわけがない。

この間まで妹のように可愛がってきたレキのおっぱいの感触を本人に伝えなければならないなんて、なにかの罰ゲームか？

……だけど。だけど、レキに一人の女の子として向き合うと約束したのだ。

だから、俺は渇いた喉から言葉を絞り出す。

「……よかった、です」

死にたい。穴があったらすぐに入りたい。そして、その上から土を被せてほしい。

「ん。なら、よかった」

レキが満更でもなさそうなのが、せめてもの救いか。

このままおっぱい談義に花を咲かせられても困る。

俺は少しだけ歩く速度を速めた。

「すみません、お待たせしました」

「いいのいいの。むしろ、楽しんでいたところ邪魔して悪かったわね」

そう言って謝るカルネアさんの視線はリュシカに向いていた。

「気にしてないよ。それよりも姉さん、私たちを呼んだ理由は後ろのそれ？」

「ええ、そうよ。完成したの、あなたたち専用のログハウスが」

カルネアさんの背後に簡素なログハウスが完成していた。

先ほどエルフ男衆が組み立てていたのはこれだったのか。

「私たち専用って……いったい何に使えっていうの、姉さん？」

「それはもちろんナニよ」

……ん？　聞き間違いかな。

「カルネアさん。もう一回言ってもらっていいですか？」

「流石に外で全裸は恥ずかしいと思ったから専用の小屋を作っておいたのよ」

「くそっ！　確定させてきやがった‼」

なんでそう思い切りがいいんだよ……！

どんな思考をしていたら夜専用の小屋を造ろうという発想に至るのか。

そもそもどうして俺たちがヤること前提に話が進んでいるのか。

それがよくわからない。

「……カルネアさん」

「……ユウリちゃん」

卑猥（ひわい）コンビががっちり握手を交わしていた。

「でも、ごめんなさい。ここはリュシカとジンくん専用なの」

「……カルネアさん……！」

あっ、すぐにコンビ解消した。

……いや、待て待て待て。もっと聞き捨てならない言葉が聞こえた。

「ま、待ってください！　俺とリュシカ専用ってどういうことですか⁉」

「そうです！　差別はんた～い！」

「平等にしろ～！」

「………………」

リュシカも何か文句言って！

「まぁ、落ち着きなさい。それに関してもしっかり説明するから。これを見てほしいの」

カルネアさんがパンと手を叩く(たた)と男衆の一人が丸められた紙を持ってくる。

彼女は受け取ったそれを地面に置くと、クルクルと広げた。

「……これは」

「……先日、エルフォンさんが見せてくれたものと同じ文字が使われていますね」

「そう。実はあの後、みんなの力になれないかと手がかりを探していたら、これを見つけたの。読み上げるわね」


『エル・リスティアの血を継ぐ者よ。

愛する男と【エルフの宝樹】に純粋な愛を示せ。

さすれば、【エルフの宝玉】が与えられるだろう』

「……このエル・リスティアというのは……」

「代々エルフの族長を務めてきた家系……つまり、私たちのことを指すわ」

「……それならカルネア姉さんがやっても問題ないということじゃ……」

「バカね。百人と結婚している私に純粋さなんてあるわけないでしょ」

「自分で言うんだ……」

リュシカも実姉のまさかの返しに驚いていた。

俺も同じことを思った。

「以前のものとは少々文言も変わっていますね。パートナーが男性限定になっています」

「おそらく私たちの先祖が代を重ねるごとに条件を見つけ出したのでしょうね。そして、こうして残してくれた」

「……これは一つ、純粋な疑問なのですが」

「なにかしら？」

「普通は先日の古いものより、新しいこちらが先に見つかるのでは？」

「そ、それはたまたまよ、たまたま。パパももう年だから見落としていたのかもしれないわ」

「……そうですか」

「とにかくそういうことだから、私たちはこのログハウスを用意したわけ」

カルネアさんはユウリから目を逸らして、リュシカの肩を摑んで正面から向き合う。

「あとはあなたが朝から晩まで頑張るだけよ、リュシカ」

「今までに受けた応援の中で最低の言葉だよ、姉さん」

「安心していいわ。二人で楽しんでも私たちは見に来ないから。どれだけ声を出しても大丈夫よ」

「姉さん！　そういう一言がいらないの！」

「もしかして怖いのかしら？　大丈夫。痛いのは最初だけで、その後は気持ちよくなるから」

「そういう励ましを聞きたいわけじゃないんだけど⁉」

リュシカの気持ちがよくわかる。

カルネアさんの応援はそのまま俺にもつながってくるから。

「だから、今日からしばらくの間、リュシカとジンくんの二人で過ごすのがいいと思う。あなたたちも少しでも早く結婚指輪を完成させたいでしょう？」

本当にこの文献の通りならば、カルネアさんの言う通りにするのが正しいのだろう。

それはつまり、リュシカと大人な行為をする可能性が出てくるわけで……。

俺にはリュシカと同じくらい大事なレキとユウリもいる。

この場の勢いで決めてはいけないと思った。

「……わかりました」

「そう！　じゃあ、さっそく二人で」

「その前に話し合いをさせてください。これは俺たちにとっても大切な問題なので」

「……わかったわ。その間にログハウスには必要なものを運んでおくから自由に使ってちょうだいね」

ほんの一瞬、カルネアさんの表情が揺らいだ気がした。

【エルフの宝樹】からツリーハウスに戻ってきた俺たちはテーブルを囲んでいた。

ただその空気は重苦しい。

……今後に関わる重大な選択を突きつけられている。

こうなってしまうのも致し方ないだろう。

「さて、どこからまとめるか」

「私から一つ。これはあくまで私の主観ですが……。リュシカさん、気分を悪くしないでくださいね」

「大丈夫。ユウリに悪意がある時はわかるから」

「ありがとうございます。……少なくともカルネアさんが持ってきた文献は偽物だと思います」

「そう思った理由を教えてくれるか？」

「まず、あの場でも言った通り新しい記述より古い記述が先に見つかったこと。次にエルフォンさんは族長に引き継がれると言っていました。なら、持ってくるのはカルネアさんではなくエルフォンさんでしょう」

とはいえ、とユウリは続ける。

「あくまで疑わしいだけです。本当にたまたま古い方が先に見つかっただけかもしれませんし、カルネアさんがエルフォンさんに探すのを頼まれた可能性もありますから」

「……実を言うと俺も同じように思った。最後、話し合いするって言った時にカルネアさんの笑顔が取り繕った感じがして……ユウリの説が正しいなら納得がいく」

「少なくともカルネア姉さんが持ってきた文献は嘘。だから、純粋な愛を見せるのは別に他の誰でもいいいってことになるね」

「私は仮にリュシカさんとジンさんが一緒に過ごすことになっても特段気にはしません。その前にジンさんの初めてをもらえばいいだけなので」

ユウリの言葉には本当に実行するんじゃないかと思わせるほどのすごみがあった。

そして、普段の彼女の言動を鑑みるに全くの嘘じゃない。むしろ、本当にやるだろうなという確信に近いものを感じた。

「しかし、先に言った通り疑わしいだけ。まだ切り捨てるには早いでしょう」

「……ということは、今回決めるべきは一つになるね」

ふぅ……と長く息を吐いたリュシカは真っ赤な顔を上げて、こう言った。

「わ、私がジンと熱い一夜を共にするか」

まったく……本当に全く遺憾になるが、焦点はそこになるだろう。

そもそも俺がこの話し合いの場を持ったのも、その点について流れで他人に決めさせてはいけないと思ったから。

「ログハウスでジンと過ごすことになっても、まずは段階を踏んで試していく。手をつないだり、ハグやキ、キスとか……」

「純粋な愛の定義がわからない以上、それでいいと思います」

「だが、それでも【エルフの宝玉】が出なかった場合……そういう行為に至るだろう」

「……それは俺とリュシカが決断することだな」

「はい。でも、リュシカさんがすると決めたならば私はその前にジンさんにここで抱いてもらいたい」

「……私も、その……やはり初めてと初めて……というのが憧れなんだ」

「俺は二人の想いを尊重したい。……となると、複数人での行為になってカルネアさんと同じ結果になる可能性がある……」

「……難しいですね……」

停滞した空気が肩に重くのしかかる。

お互いを大切に想っているからこそ、これ以上の決断に進めない。

「……私にいい案がある」

俺たちが頭を悩ませる中、スッと手を挙げたのはこれまでずっと無言を貫いていたレキだった。

「レキ……。聞かせてくれるか？」

「うん、答えは簡単。──三人同時に抱いてもらえばいい」

俺たちは一斉に机に額をぶつけた。

しかし、発言した本人は顎に人差し指を当てて首をかしげている。

「レ、レキちゃん？　あのね、複数人での行為は純粋な愛に当たらない可能性があって……」

「どうして？　私たちはそれぞれジンと強く愛し合っている。これ以上に純粋な愛はないと思う」

「そうは言ってもカルネアさんが複数人でも出ていないっていう前例が……」

「あの人は発情期だっただけと言っていた。好きだから結婚したわけじゃない」

「「「…………！」」」

レキの言葉に俺たちは思わず見合ってしまう。

そうだった。カルネアさんでは【エルフの宝玉】が出なかったことばかりに注目して、前提条件を見誤っていた。

「なるほど。カルネアさんは性欲に任せて男を食べまくっていますが、私たちには間違いなく愛があります。苦楽を共にして、積み重ねてきた愛が。これ以上の純粋なものがありますか？」

「……フッ、それもそうだね。【聖女】様のお墨付きだ。私たち以上に世界で綺麗（きれい）な愛もないと思う」

「そうと決まれば早いな。……もし最後の一線を越える必要がある時は三人一緒に、だ」

「私とレキちゃんはログハウスの近くで待機しておきましょう。中から合図があれば突入して、挿入してもらう流れで」

「……ジンもそれでいい？」

レキが心配してくれているのは俺たちが一線を越えることについてだろう。

確かに俺は結婚式をちゃんと挙げてから、そういう行為をしたいという想いがある。

……だけど。

「俺のわがままで結婚式ができなくなったら本末転倒だからな」

この言葉に嘘はないし、後悔もない。

俺と最も付き合いが長いレキは俺が本心から言っているとわかっているから、何も言わず「うん」と頷き返した。

「よし！　なら、カルネアさんに言いに行こう」

「ああ、すぐに宝玉を手に入れて王城に帰る！」

「できれば最後までいきますように、最後までいきますように、最後までいきますように」

「……」

……。

「ユウリ、ステイ」

これで気持ちよく次の段階に移れる。

どう転ぶかは【エルフの宝樹】……神様次第だ。

きっとエルフの里を長年支えてきた善良な神様ならば、俺たちを良い方向に導いてくれるだろう。

そう祈るばかりだ。

「……一応、カルネアさんに返事をする前に確認のためにリュシカに聞きたいんだけど」

「なんだい？　なんでも聞いてくれて構わないよ」

「本当にエルフには発情期があるんだよな？　カルネアさんのそれが前提だから……」

「えっ⁉　あー、その……うぅ……」

俺の質問に彼女は十数秒間うんうんとうなって、小さくこくんと頷いた。

Life 2-5 みんな誰もが変わっていく

「邪魔者はいなくなるので、あとは熱々な二人でごゆっくり〜」

「それではジンさん、リュシカさん。また後日」

「任せた」

そう言って、上機嫌なカルネアさんとユウリ、レキは去っていった。

バタンとドアが閉まる。

これで外界とのつながりは断たれて、俺たちは狭い密室空間に二人きりとなった。

「……なんだか私たちだけだと静かになってしまうね」

「ハハッ、騒がしい二人がいないからな」

「恋しい？」

「恋しい。……けど、今はリュシカのことだけ考えている」

それが彼女に対して最低限の礼儀だと思うから。

目の前に俺を好きでいてくれる女の子がいるのに他の女の子のことを考えるのはダメだ

「とりあえず座ろうか。立ちっぱなしも落ち着かないだろう」

一つずつ、ゆっくりと検証していくんだ。

……落ち着け、ジン・ガイスト。

シチュエーションは時に人を大胆にさせると言うが、今の俺がまさにそれだな。

……少々、興が乗りすぎてしまった。

俺が片膝をつきリュシカの手を取ってキスすると、彼女もその流れに合わせてくれる。

「……ふふっ、ありがとう」

「そんなわけないさ。仰せのままに、お姫様」

「だから、今だけは……ジンの瞳に映っているのが私だけの時は……全ての愛を注いでほしい。……いけないだろうか？」

甘えるようにグリグリと俺の胸元に頰(ほお)をこすりつけるリュシカ。

「本音を言うと……やっぱり私だけを見てほしいという気持ちが心の隅にあるんだ」

リュシカはゆっくりと歩み寄り、俺の腰へと腕を回す。

「それは……すごく嬉(うれ)しい、ジン」

たとえレキやユウリと二人きりの時だって例外なく俺はそうすると決めていた。

ろう。

「そうだね。……ダメだ。なんだか浮き足立ってしまう……」

「……はからずしてもうハグはやってしまったしな」

「……好きが抑えきれなくて、つい……。なんなら手の甲にキスまで……」

リュシカは俺の唇が触れた手の甲を、穴が空くんじゃないかというくらい凝視している。

「……リュシカ。そんなに見られるとやった身としては恥ずかしい」

「あ、ああ！　す、すまない！」

リュシカは慌てて顔を手の甲から背ける。

自分よりも緊張している人を見ると落ち着くっていうのは本当だったんだな。

俺はリュシカの背をさすりながら彼女が冷静さを取り戻すまで深呼吸するように促す。

「すぅ……ふぅ……うん、ありがとう。もう大丈夫」

「よかった。じゃあ、【エルフの宝玉】を手に入れるためにも頑張ろうか」

カルネアさんの話によると【エルフの宝玉】がどうやって現れるのかわからないので、彼女の旦那衆たちが【エルフの宝樹】周辺ですぐに見つけ出せるように待機しているらしい。

そこにレキとユウリも交ぜてもらっている。

もし俺たちが最終段階……つまり、性行為にまで至る時、【聖女】の加護で全員を眠らせてから二人はここへ来る手はずになっていた。

エルフたちにユウリの【眠り唄】が効くことはゲインで証明済。

なにより彼女に眠らされるとは考えもしていないだろう。

その不意を突けばなんら難しくないと判断した。

「ユウリたちとの打ち合わせだと次は何をすることになっている？」

「待ってくれ、確認する」

俺たちの作戦決行は今日の夜。

それまで怪しまれないようにユウリが「これで時間を稼いでください」とメモを渡してくれたのだ。

几帳面（きちょうめん）に折りたたまれた紙を広げると、そこには「ヤる前にやること一覧」と記されていた。

ここまで貫き通されると感心さえ覚える。

「えっと……ハグはさっきしたから、次はキスだけど……」

「……っ！　ま、待ってくれ。もう少し、もう少しだけ……」

リュシカはブンブンと手を振った。

このキスはリュシカがまだ経験していない方だ。

せっかく落ち着いたところなのに、俺もいきなりこれは飛ばしすぎだと思う。

だから、その上にあるスキンシップを実行することをリュシカに伝える。

「スキンシップか……そ、それなら大丈夫。ジンは何か希望はあるかな？」

「……実はやってみたいことがあるんだ」

「遠慮なく言ってほしい。今回はそういう趣旨だからな」

「それじゃあ、リュシカ——太ももで俺の顔を挟んでくれ」

「……え？」


俺のお願いに彼女は理解が及ばないといった表情をしていた。


それからどれくらいの時間が経(た)っただろうか。

カチコチと時計の針が動く音が聞こえるほど静かな時間だった。

「……これは数多(あまた)の恋愛小説を読んできた感想なのだけれど」

「うん」

「人類のこういう発想力にはたまげてばかりだ」

「褒め言葉として受け取っておく」

「うん……ジンがそれでいいなら構わないよ」

俺は今、リュシカの太ももに顔を挟まれた状態で話を聞いていた。

膝枕で太ももを堪能するのもいいが、あれでは完全に楽しむことはできない。

こうやって顔の両側をそのむっちりとした柔らかさに挟まれてこそ、ようやく太ももを味わえたと言えるのではないか。

常々そう思っていたが……俺の仮説はやはり正しかったようだ。

「……気持ちいいのかい？」

「誇張ではなく、最高だ」

「……ふふっ、そうか。ジンが私で喜んでくれているなら、私も最高だ」

リュシカは少しだけ隙間を空けながら足を伸ばして座り、俺はその太ももに引っかかるように頭を置いて寝転がっている。

そこをきゅっと内側にリュシカが足を寄せてくれれば、太ももに包まれる変態(おれ)が完成するわけだ。

俺は太ももが好きだ。自分の中で抵抗が少ないから。

胸を触るのはあんなにもいけないことだと思うのに、なぜか太ももにはあまり罪悪感が湧いてこない。

「……ジン～」

「どうかしたか……？」

「ううん、呼んでみただけ」

イタズラが成功したリュシカはクスクスと笑い声を漏らす。

……俺のお嫁さん、可愛(かわい)すぎないか？

これは俺もちゃんと尽くしてあげなければ。

……その前にあと十分くらい太ももエネルギーを充電しよう……。

「……ジン、寝てはいけないよ？　予定が全部狂ってしまうから」

「……そうだな。……そうなんだがリュシカの太ももの具合が良すぎて……」

リュシカの太もも部分に直接触れると、彼女の体温によってゆっくりと温められていく。

それに加えてもちもち感のダブルパンチ。

眠くならない方が難しかった。

「……そんなにいいんだね？」

「……興味があるならリュシカもしてみるか？」

「えっ、いいのかい？」

「ああ。リュシカの言う通り、このままじゃ寝てしまいそうだし、交代ということで……よいしょっと」

グズグズしていると名残惜しくなってしまうのでサッと起き上がると、今度は俺が足を伸ばして座る。

「流石(さすが)にズボンは脱げないから直接は難しいけど……」

「……じゃあ、普通に膝枕でもいいかな？　そっちもしてもらいたいと思っていたんだ」

「わかった。ゴツゴツしてたらごめんな」

「気にしなくていいよ。それじゃあ、失礼して――」

リュシカは俺の太ももの上に頭を置いた瞬間、黙りこくった。

……え？　寝た？

思わず覗(のぞ)き込むと、どうもそうではなかった。

「……そんなに嬉しかった？」

「……ああ。ジンの努力が伝わってきて……こんなになるまでどれだけ鍛練を積んだのだろうと思うと、それを独占しているのが嬉しくなったんだ」

「……面白い喜び方をするな、リュシカは」

「すまない。……確かにいいものだね、膝枕。なんだかすごく安心する」

「こうしている間は肩肘張らなくて済むから、気持ちが楽になるのかもしれない。親しい仲じゃないと膝枕なんて許してくれないだろうし」

「なるほど。一理ある」

リラックスできているらしく、リュシカはすっかり脱力していた。

彼女の綺麗（きれい）な黒髪に沿って頭をなでると、くすぐったそうに眼（め）を細めた。

「どうですか、お姫様？」

「うむ、くるしゅうない。……ふふっ、私はそんな大それた人物にはとてもなれないな」

「どうして？」

「この温かさを知ってしまったから……もうジンのお嫁さん以外考えられない」

「それは……一本取られたな。すごく恥ずかしい」

「……私も。つい言ってしまったけど、しばらくは一人で思い返して悶（もだ）えるかもしれない」

「……」

ピコピコピコと忙（せわ）しなく動く耳。

恥ずかしさが限界を超えると、赤くなるだけじゃなくて動き出すのか。

ふと気になって、傷つけないようにそっとエルフ特有の長い耳に触れた。

「ひゃんっ！」

その瞬間、ビクンと肩が跳ねるリュシカ。

彼女は慌てて起き上がると、自分の耳を手で隠しながら俺の方を向く。

「ジ、ジン！　いきなりそこを触るなんて……せめて一言声をかけてくれないと……」

「ごめん。痛かったか？」

「そ、そうじゃなくて……その……い、だから」

「……本当にごめん、リュシカ。もう一回言ってくれないか？」

「……耳はエルフの性感帯だから！　その……触る時は事前に言ってほしい。じゃないと、驚いてしまう……」

顔を真っ赤にしてリュシカが教えてくれた情報はとんでもないものだった。

自分がやってしまったことを理解すると、すぐさま俺は頭を下げた。

「悪かった！　リュシカの耳はいつも赤くなって可愛いなと思って、軽い気持ちで触れてしまった……」

「い、いや！　私も過敏に反応しすぎてしまった……すまない」

「……もっとエルフについて勉強するよ」

これまでの生活で全く不便がなかったから、よほどじゃない限り種族での違いなんて気にかけたことがなかった……。

反省しなければいけない。

俺がもう一度頭を下げると、リュシカは何やら考え込んでポンポンと俺のひざを叩く。

「……続き」

それで彼女の求めることを察した俺はすぐに正座をして、出迎える体勢を取る。

リュシカは再び俺の膝枕へと寝転がった。

「……ジン。ちゃんと言っておかないとあなたは誤解しそうだから伝えておくけど……私はジンになら触られるのは別に嫌じゃない。そこだけは勘違いしないでほしい」

「……じゃあ、いま触りたいって言ったら……？」

「……ん、構わないよ」

赤色に染まった長耳が再びピコピコと揺れている。

俺はゆっくり慎重に彼女の耳に手を伸ばす。

そっと優しく……優しく……。

「んっ……中をこすられるとくすぐったい……」

「悪いっ。……これくらいならどうだ？」

「……うん、それなら平気」

よかった……力加減はこれくらいだな。

コツが摑めてきた俺は耳の中を優しくこすったり、つまんだりとリュシカの耳を満喫する。

特に耳たぶはプニプニとした弾力と柔らかさがあって触っていて楽しい。……が、途中でやめることにした。

リュシカが時々漏らす声が色っぽくて、理性が爆発してしまいそうだったからだ。

……よく考えれば俺は彼女の性感帯を指で弄っていたのだから、リュシカが息を荒くして頰を上気させるのは当然の帰結。

「……ジン……終わった？」

いつも以上に艶めかしい声音で名前を呼ばれてドキッとする。

自分のやらかしに自己嫌悪しつつ、彼女の背中をさすりながら返事した。

「ああ、ありがとう、リュシカ。もう大丈夫だから」

「……そっか。ジンが満足したならよかった」

トロンとした瞳から色気を帯びた視線が突き刺さる。

頑張れ、俺……！

持ちこたえてくれ、理性……！

「……ジン。私、今ならできそうな気がする」

「何を……!?」

「……キス」

リュシカは起き上がると俺と向かい合うようにひざの上に座った。

首に腕を回されて、逃がさないという強い意志を感じる。

「……ジンはしたくない？」

「…………………したい」

「……すごい葛藤したね」

「夜まで我慢しようと思ったら、もう外が暗くなっていたから」

川で水遊びをして、気絶して、話し合いをして、太ももや耳を弄って……確かに考えればもう夜になってもおかしくない頃合いだ。

手元の耳に集中していたせいで気づかなかったな……。

「そろそろレキとユウリも来ちゃうから、その前に……ね？」

「……リュシカは無理していないんだな？」

「ジンにあんなに耳を弄られて、あれより恥ずかしい思いはないから」

完全に俺が引き金を引いてしまったらしい。

一呼吸、自分の心を落ち着かせるために整える。

「………」

互いの吐息がかかる距離。

リュシカの瞳に反射しているのは俺の顔だけ。

いつもの凜々しい顔立ちの彼女はおらず、欲に顔をとろけさせたリュシカがいた。

レキに不意を突かれた時とは違う、能動的なキスを今からする。

「……ジン。……大好きだ」

チュッ、チュッと二、三回、唇をついばむように軽く触れ合う。

そして、今度は全身に彼女の重さがのしかかって、俺の唇に彼女の唇が落ちてきた。

「んっ……ふぅ……」

隙間から漏れる息。

瞳を閉じている分、唇に意識が集中して——リュシカの唇は柔らかいなとか、唾液はほのかに甘い味がするとか、俺の本能を興奮させる情報がどんどん脳に届いてくる。

その間もリュシカは一心不乱に俺の唇を求め続けた。

長くなればなるほど彼女も呼吸が苦しいはずなのに。

「……ぷはっ……はぁ……すごいものだね、キスって」

見上げた先のリュシカは本当に幸せそうで、恍惚としていた。

口と口に引かれた銀の糸を指で拭き取ったリュシカはそのまま自分の唇に触れる。

渇きを潤したそれはプルリと揺れた。

「何度でも、いつまでもしたくなるくらい幸せに満ちあふれているよ」

恥ずかしさもかすかに残っているのだろう。

だけど、今の彼女は喜びの方が勝っているからか饒舌になっている。

「これはみんながしたくなるわけだ。一度覚えてしまうとさらに求めてしまうな……ジンはどうだった？　私のファーストキスは」

「嘘偽りなく言うと……多幸感がすごくて、ちょっと感情が麻痺しているかもしれない。言葉が出てこない」

「……すごくわかるよ、その気持ち」

「……ただリュシカとのキスは危ないっていうのはわかった」

「それはどういう意味か、教えてもらっても？」

「……精神的な意味で」

「……ふふっ、やっぱり思った通りだ」

「なにが？」

「私は一度この味を覚えてしまうと……間違いなくキスにハマってしまう予感があったんだ」

チロリと舌で唇を舐めるリュシカ。

わざわざこのタイミングでそう言うってことは……。

「大好きだよ、ジン」

今度は先ほどとは違う軽い口づけ。

リュシカが一向に満足する様子を見せないので、仕方なくパチンと指をはじいた。

「【光球（ライトボール）】」

部屋に明るい光が灯（とも）って、天井にぶら下げられた籠の中へと入っていく。

そして、これが俺たちの取り決めた合図。

夜のとばりが下りた森の中、ログハウスの中の【光球】はよく目立つ目印になる。

これがキスまで終えたというレキたちへのサイン。

少しだけ様子見をして、【エルフの宝玉】が出てくる気配がなければ二人もこちらに合流する手はずになっていた。

……そう。この後が本番。

先ほどのキスでさえ脳がしびれそうになるくらいの快感だったのに、その先の行為だとどうなってしまうのか。

自分が自分じゃなくなってしまうんじゃないか。

そんな考えがよぎってしまう。

……隣で頭を抱えてゴロゴロと転がっているリュシカみたいに。

「あぁぁぁぁぁぁぁ！　さっきまでの私はいったい何を……！」

俺が魔法を使ったせいで興奮が収まり、冷静さが戻ってきたのだろう。

先ほどまでの、キスをおかわりするという大胆さまで見せた彼女は悶え苦しんでいた。

「すごい積極的なリュシカも可愛（かわい）かったぞ」

「ち、違うんだ！　私は愛読書を参考にしただけで……！」

「つまり、リュシカはああいうやらしい恋愛小説を好んで読んでいるってことか」

「こ、殺してくれ、ジン!!　いっそ、ひと思いに!!」

リュシカが泣きついてくるが、肩をすくめてシラを切る。

これもまたいい思い出だったと笑い合える日がいつか来るだろう。

その日を一緒に迎えるのが今から楽しみだ。

「……どうしたんですか、リュシカさん。いい大人が暴れて」

「……もしかして……キスに失敗した？」

ガチャリとドアを開けて、中に入ってくるユウリとレキ。

二人とも入ってくるなり暴れていたリュシカを見て、少し引いていた。

「い、いや……キスはちゃんとできたんだ……えへへ」

「すごい幸せそう」

「だ、だけど、私はなんであんな恥ずかしい真似(まね)を……！」

「すごい不幸そう」

「まぁ、いろいろとあったわけだ」

「大方、興奮しているうちに調子に乗ってしまい、すごいキスをしてしまったとかそういう感じでしょう。例えば、息継ぎも考えずにずっと口づけをし続けたとか」

「うぐっ……！」

エスパーかな？

相変わらずの洞察力。そして、推理力である。

全て見抜かれてしまったリュシカはぴしりと固まってしまって、動かない。

「とにかくキスが成功したならばよかったです。……で、これで純粋な愛が示されるなら【エルフの宝玉】が出てきてもおかしくないのですが……」

「……出てこなかった」

「……ま、待ってくれないか。ということは……」

ユウリはニコリと微笑(ほほえ)んで、自身のシスター服に手をかける。

そして、シュルリと首元のリボンをほどいた。

「お待ちかねのドキドキ！　ジンさん、家族が増えちゃうよ！　の時間です！」

この【性女】、ノリノリである。

とはいえ、きちんとこういう段取りになると事前に決めていたから、俺は動揺しない。

……しないが、緊張がこみ上げてきた。

……本当に今日ここでやるんだ。

レキ、ユウリ、リュシカとさらなる深い関係に……今から進むんだ。

「……いいんだな？」

全員に再度確認を求めるように視線を向ける。

そして、三人ともしっかりと頷いてくれた。

なら、覚悟を決めようじゃないかと、上着を脱ぎ捨てる。

――その瞬間だった。

「げぶるがふっ!?」

「…………到着」

ログハウスの天井を突き破って、なにかが落ちてきた。

敵襲!?　秘匿されているエルフの里に!?

とっさに戦闘モードに切り替わった俺たちは手にそれぞれの武器を呼び出す。

「【清風(ウインド)】！」

正体を隠す砂煙を外へと逃がす。

「うぅ……痛いですわ……。でも、本は守れましてよ……」

「エルフ……！　絶対に捕まえる……！」

するとと、現れたのは記憶に新しい因縁の少女と黒髪の娘だった。

◇◇◇◇

「……まだですの、マードリィ？」

「……知らない。もう賽(さい)は投げられた。あとはアタリかハズレだけ」

「あなた、それでも本当に研究者？　もうちょっと正確に把握できないのかしら？」

「……そもそも私はヒナがここと言った場所にドリルを当てただけ。たどり着かなかったらヒナの責任」

「な、なんて恐ろしい子……！」

マードリィと地下を掘り進めて何時間が経(た)ったでしょう。

掘っても掘っても、土、岩、よくわからない生き物の骨、土、岩、知らない生き物の骨……。

もう同じ景色ばかりで退屈してしまいますわ。

マードリィはパルルカと違って話し相手にもなってくれませんし……。

この子の興味といえば未知と魔法ばかり。

以前、ヒナの大好きな『弱いと言われる後衛術士ですが実は……！　～頼りないあいつが見せる戦場での凛々しい姿～』を貸してあげたにもかかわらず、彼女の研究書類の下敷きになっていたのを見た時は本当に驚きましたわ。

ヒナ、魔王の娘ですのよ？　どうしてこの子は平然と逆らうのかしら？

本来ならばさっさと打ち首にしたいところですが、マードリィの研究のおかげで世界征服が効率化されていたのも事実なんですわよねぇ。

お父様はすっかりふぬけてしまったけれど、きちんと私には魔王の血が脈々と受け継がれていますわ。

ヒナはジンさんを手に入れた後、世界征服するという目標を忘れていません。

その目標のためにもマードリィはしっかりと手なずけておきたい。

今度、パルルカに頼もうかしら。あの子、どの幹部とも交流がありますし、上手くやるでしょう。

ええ、そうしましょう。決定ですわね。

「……仕方ありません。書き物にでも興じましょうか」

ヒナはバッグの中から革表紙の本を一冊取り出す。

【勇者】に吹き飛ばされてから魔王城までの帰路。ヒナの心を支えていたのは、この一冊の本。

しかも、ただの本ではありません。将来、魔族の中でも国宝と呼ばれる伝説の一冊となるでしょう。

なぜなら、このヒナ直筆。全てをヒナが考えて、書いた物語なのですから……！

今まで書き物は下々の人間たちがする仕事だと思っていましたが、案外書き始めると楽しめたんですわよね～。

ヒロインの名前はもちろんヒナ。そして、ヒーローの名前はもちろんジン様ですわ～!!

物語の大まかなあらすじはこう……。

凶悪卑劣な【勇者】と呼ばれる女たちに奴隷のようにこき使われるかわいそうなジン様……。

世界に絶望しながら買い出しに行かされている途中、彼は出会う。

とっても優しく、とっっても強くて、とっっってても可愛い銀髪のお嬢様――ヒナ・ラリユエルに！

だけどジン様はお優しく、ヒナに迷惑をかけないように諦めてしまう……ですが、同時にヒナもまたジン様を前世から赤い糸で結ばれた運命の相手だと気づいていましたの。

こうして最悪外道な【勇者】たちからジン様を救うヒナの旅が始まる……！

「……うんうん、何度読んでも名作になる予感しかしませんわね……！」

今はちょうど征服しに向かった街でたまたま出会ったジン様と身分を偽ってデートをする回だ。

お嬢様と知ればジン様はきっと対等に接してくださらないでしょうから、頑張って人間の中でも下々らしく振る舞わないといけないのですわよね。

デートする場所は……そうですわ！　お洋服屋さんにしましょう。

あぁ～、早くヒナもジン様の着る服を見繕ってあげたいですわ～。

今の【勇者】たちが着させている地味なものでなくて、きらびやかで、ピカピカしているのがいいはず！

ヒナの髪色とおそろいの銀をもとに仕立てましょう。

ジン様はヒナのものという証(あかし)……うふ、うふふ……！

「筆が走りますわ～！」

「……ヒナ」

「なんですの？　おトイレなら掘りながらしてしまいなさいな」

「……着いた。落ちるよ」

「はぇ？」

利那、浮遊感がヒナたちを包み——

「きゃぁぁぁぁぁぁ！　落ちます！　本が!!　ヒナの名作だけは死守しませんと!!」

「来た来た来た！　本当に地下にエルフの里があったんだ!!」

——重力に従って、小さな家へと落下した。

「うぅ……痛いですわ……。でも、本は守れましてよ……」

「エルフ……！　絶対に捕まえる……！」

とにかく騒ぎになったら面倒ですわね。

どこかに身を隠す場所は……と周囲をキョロキョロと見回すと、そこにヒナが捜し求めていた人がいた。

「ジン様ぁ!!」

偶然掘り続けた場所がジン様のもとまでたどり着くなんて……。

確信しましたわ……！

やっぱりこの人こそヒナの運命の相手でしてよ〜!!

◇　◇　◇　◇　◇

「ジン様ぁ!!」

泥まみれになった少女が突然、空から落ちてきた。

それも二人。内、片方は今ちまたを騒がせている魔王の娘、ヒナ・ラリュエル。

思わず思考停止してしまい、先制の機会を自ら失ってしまった。

「ジ、ジン様⁉　どうして服を着ていらっしゃらないの⁉　はしたないですわよ！」

指の隙間から俺の裸体をチラチラと覗くヒナ。

顔を背けたり、覗いたり、ずいぶんと忙しそうだ。

「……いない。私の実力でも捕まえられるエルフがここには……」

もう一方の少女は先ほどから物騒な言葉を呟いている。

この間、俺と戦ったパルルカとは違う魔王軍の生き残りか？

頭についた木くずを払いのけもせず、視線をあちらこちらにさまよわせていた。

「……またあなたたちですか!!」

俺の隣から低い怒声が響き渡る。

ユウリが【聖杖】を握りしめ、今までに見たことのないほど怒った顔でヒナたちをにらみつけていた。

「せっかく……せっかくジンさんと一晩中楽しいことができたかもしれなかったのに……！　一度までならいざ知らず、二度までも！　今度こそ必ず葬り去ります！」

「うん、同意。こいつだけは消さないといけない」

「そうだね。隣の同胞狙いの魔族もかな」

【聖剣】を握りしめたレキと【賢者の杖】を構えるリュシカも並び立つ。

「【氷剣召喚】！」

俺もまた武器を構えて戦闘態勢へと入るが、その前に先日のことをみんなに思い出してもらわなければならない。

「みんな！　絶対に捕らえて王城に連れて帰るぞ！　聞きたいことがたくさんあるからな！」

そう叫ぶと、三人の顔から怒りがスッと消える。

どうやらちゃんと意図は伝わったらしい。

「……そうだった。一回はチャンス与える」

「これは一日中、懺悔コースですね」

「たくさんたくさん話し合うために。ここはしっかりとやっつけようじゃないか」

俺たちの視線がヒナに降り注ぐ。

それに気づいた白衣の子はあっさりと撤退宣言を口にする。

「勇者パーティー……私には分が悪い。ヒナに用があるみたいだし、あとはよろしく」

「はぁっ!?　ちょっと待ちなさい、マードリィ！　何言ってやがりますの!?」

「【召喚：連鎖光弾（チェーン・ライトボム）】」

仲間割れしたと思ったら、マードリィと呼ばれた少女が白衣の袖から出した爆弾が視界を真っ白に染め上げる。

しまった……！

視界がやられて……！

このままだと逃がしてしまう。そういうわけにはいかない。

なぜなら、外にはユウリが加護を使って眠らせたエルフ男衆たちが大勢いるから。

それにタイミングの悪いことに、ここの外には【エルフの宝樹】がある。

この里の守り神の存在をヒナたちに気づかれるわけにはいかなかった。

「レキ！　絶対にここからヒナを逃がすな……！」

「――そこ」

隣にいた【勇者】が【聖剣】を振り下ろした気配がする。

直後、マードリィの驚愕（きょうがく）した声が聞こえた。

「嘘（うそ）!?　視界は潰したはず……!?　ぐぅ……！」

「見えなくても斬るくらいできる」

「これだから【勇者】は……！　ヒナ！　なにしてるの……！」

「あなたが何も言わずに放った実験道具のせいでヒナも目が見えないのよ！」

あっ、この子たち、結構バカなのかもしれない。

連携が全く取れていない。

少なくとも以前戦ったパルルカに比べて遥（はる）かに御しやすそうな相手だった。

「あぁ、女神よ。我らの病を、我らの傷を、消し去り、悪に立ち向かう気力を与えたまえ
――【癒やしの唄】」

「疾っ！」

「【草蔓の手錠（グリーン・ロック）】！」

ユウリの加護で目が回復した俺は即座に氷の剣を振りかぶって、レキの攻撃によって傷を負っているマードリィへと飛びかかる。

同じくして復帰したリュシカが放った土属性魔法によって大地から芽吹いた草や蔓によってマードリィとヒナ、それぞれの手と足が拘束された。

「二度目はない。天にて微笑む戦女神よ。眼前広がる全ての邪悪を無に還せ――【罪裁きの聖剣】」

「くぅ……こうなったら……【多重水壁・一極集中】！」

「…………っ！　防がれた……!?」

レキの放った【罪裁きの聖剣】を小さく密度を高めた【多重水壁】で、斬撃と自分との接点に山勘を張ったヒナが防いだ。

衝撃までは殺せていないが直撃していない分、ダメージは浅く、ヒナは外へと吹き飛ばされるだけになる。

「ふふん！　以前、あなたに傷を付けられた位置は覚えていましてよ～がふっごはっぐへっ！」

そして、最悪なことにゴロゴロと転がるヒナが叩きつけられたのは【エルフの宝樹】だった。

なんて運が悪い……！

「……隙ができた。よそ見はしない方がいい」

「しまっ……！」

「【召喚：鉄甲羅大楯】」

振り下ろした氷の剣とマードリィの間に突如、現れた彼女の全身を隠すほどの大きく丸い鉄の盾。

ひびが入ったのは俺の剣の方で、マードリィは避(よ)ける際に転がっただけでダメージが軽く済んでいた。

「くそっ！　逃すか……！」

「追撃は任せろ！　【岩石封じ(ロック・ストーン)】！」

「くひひ、岩は散々破壊してきた……【召喚：機刃土竜】！」

地面からマードリィを閉じ込めるように巨大な岩が生えてくるが、彼女の手に現れたドリルによって粉砕されてしまう。

「……そろそろ不自由なのは勘弁。【斬風刃(ウインド・カッター)】」

「あなた、ヒナの拘束もほどきなさいよ！」

「……面倒くさい。……はい」

「ふん。最初からそうしておけばいいのよ」

言い争いながらもマードリィの風の刃(やいば)がヒナの拘束も切りほどく。

……これで戦況は振り出しに……いや、こちらが不利と言ってもいいかもしれない。

その証拠にヒナは【エルフの宝樹】に手をついて、離れる様子がなかった。

「ジンくん！」

俺の名前を呼ぶ声がする方を見やれば、エルフォンさんと彼のもとに残っていたエルフたちが武装して援軍に来てくれていた。

だが、今の問題は戦力不足ではない。

「止まりなさい！　あなたたち！」

ヒナが高らかに声を張り上げて、俺たちの注目を集める。

「ヒナの名前はヒナ・ラリュエル！　偉大なる魔王の娘でしてよ！」

「魔王の娘……!?　なぜここにいる……！」

「そんなの地下を掘り進めてたどり着いたに決まっているじゃない！　ヒナは土も似合う女ですの！　おーっほっほ！」

「はぁっ!?　そんな酔狂なバカが存在するなんて……」

エルフォンさんは愕然（がくぜん）とした様子でヒナを見つめていた。

流石（さすが）は魔王の娘……想像の斜め上を超える方法でやってくる。

道理でせっかくのドレスが茶色に染まっているわけだ。

「あなたたちにはヒナの言うことに従ってもらうわ！　もし拒否するのならば！」

わざと言葉を切って、ニタリと口端を釣り上げるヒナ。

ただの少女然としていた相貌が一瞬、全てをあざ笑う悪魔のように見えた。

「――この樹を燃やしますわよ」

「なっ……！　【エルフの宝樹】の命を絶やせばどんなことが起きるのかわかって言ってんのか⁉」

「エルフの里が滅びるんでしょう？　そんなこと知ったことではありませんわ」

「くっ……この外道がぁ……！」

「いいですわねぇ、その表情！　魔王軍に逆らう者はみんなそうでなくっちゃ！」

頰(ほお)に手を添え、高らかに笑うヒナ。

くそっ……何かないか……？　この状況をひっくり返すだけの隙は……。

おそらくヒナの目的はエルフの里の滅亡ではなく――

「ヒナが出す条件は一つ！　ジン様を引き渡すこと！　それでいいわ！」

「ジンって……おい、まさか」

「お嬢の結婚相手の……」

事情を知らないエルフたちがザワつく。

やはり前回の襲撃と同じく俺を狙っての行動。

だとしたら、この騒動は俺が決着を付けなければならない。

俺がもたらした厄災と言っても過言ではないのだから。

まさかこんなに早く、それも侵入不可能と謳われるエルフの里までやってくるとは……。

おバカそうでも魔王の娘というわけか……。

「エルフを舐めるのもそこまでにしろ！　自分の娘が連れてきた婿をやすやすと引き渡すほど終わっておらんわ！」

「……父さん……！」

「あら、そう？　なら、燃やして故郷を失う選択を取るのね。何千年、何万年の祖先の意志を無下にして」

「…………ぐぅぅ……！」

ギリギリとエルフォンさんの歯ぎしりする音が聞こえる。

一回でも俺をかばってくれただけで嬉しかった。

だから、この恩に報いるために俺がなんとかしなければならない。

「……ヒナ、ダメ。燃やすなら私がエルフを連れ帰ってから」

「あなたが先に帰ったら、私はどうやって地上に戻ればいいのよ！」

「……じゃあ、エルフも条件に入れて。そのためについてきた」

「はいはい、わかったわよ。丈夫なエルフも数人寄越しなさい！」

気がつけばマードリィも【エルフの宝樹】の隣へと移動していた。

……だが、エルフ男衆のことについて触れない……？

どうしてだ。ここまでの会話といい、あの子はエルフに興味があるはず。

その疑問は俺の隣にいた【聖女】が解決してくれた。

「……エルフの皆さんの状態異常はジンさんたちと同じタイミングで解除しておきました。みなさん、今は邪魔にならないように息を潜めていると思います」

「そうか……！　ありがとう、助かったよ、ユウリ」

これで最悪の状況は免れた。

ならば、打つ手があるはずだ。

考えろ。実力で勝てないなら頭を使え……。

考えることをやめたら俺はただの役立たずの凡人なんだから……！

……つけ入る隙は見つけている。

あとは、どうやってそこを突くか……。

「……まだ？　早く帰って研究したい」

……ん？　研究……？

そういえばさっきの戦いでも見たことのない武具ばかりを呼び出していた。

……もしあれが彼女の研究の成果ならば？

「そうですわよー。ヒナも早くお風呂に入りたいんですの。ジン様も一緒に入りましょうねっ」

こっちはいらない。

……いや、違う。これも利用するんだ。

頭の中ではまるピース。一つだけ……ある。

ヒナの精神年齢がまだ幼く、マードリィとあまり仲が良さそうでないからこそ使える作戦が。

この一か八かに賭けるしかない……！

「さぁ、ジン様！　優しいあなたならば」

「マードリィ！　君が発明した道具はどれも素晴らしいな！」

「…………」

ピクリとマードリィの頬がひくついた。

反応ありだ……！

「……どこが？」

「あの刃の破壊力！　魔王の娘にさえ効く爆弾の威力！　相手の剣を砕く強固さ！　どれ

も一流品ばかりだ！　勇者パーティーとして世界を旅してきた俺が保証する！」

「……うん。人間のくせに見る目がある」

これも好感触！　やはりマードリィは研究一筋の変わった魔族！

感性が人間に近いんだ……！

「もしよかったら魔王軍をやめて、こっちで研究に集中する生活をしてみないか!?」

だから、こういう勧誘に乗ってくる可能性もあるはずだ。

普通の魔族ならば一蹴するだろう。

しかし、彼女は俺たちを見た時も勇者パーティーとわかるとすぐに撤退を選択する賢さがあった。

これまで多くの魔王軍幹部と戦ってきたが、どいつも敵わないとわかっていても最後まで敵対することをやめなかった。

だけど、マードリィは違う。

人間を積極的に殺そうとする魔族としての意識が欠けている。

マードリィならば彼女が望むものを与えれば、わざわざそれらを手放す選択はしないはず。

「あっ、ジン様、ダメですわよ！　マードリィは魔王軍にとっても大事な人材なんですから！」

ヒナがわかりやすくうろたえている。

やはり彼女はマードリィが魔王軍に、ひいては自分に対して忠誠心がないことを理解している。

でなければ、こうやって慌てて引き止めたりはしない。

これなら勝算はまだ十分にある。

頼む……！　どうか俺の手を取ってくれ……！

そう祈りを込めてマードリィを見つめる……が、彼女が浮かべたのは嘲笑だった。

「……馬鹿にしている？　これでも魔族の端くれ。そんな程度では人間側に寝返らない」

手のひらからこぼれ落ちそうになる希望。

……いや、まだだ。まだ諦めるな。絶望を受け入れたら、そこで終わりだぞ。

俺は勇者パーティーの一員だろう！

最後まで希望を持って立ち向かわなければならない。

いまマードリィは確かに『そんな程度』と言った。

つまり、他に彼女の気持ちを動かす条件を追加すればいいんだ。

何か……何でもいいから言え！　頭を回せ！　俺にできることをとにかく条件に加えて

いくんだ……！

「今なら三食付きだ！　しかも、なんでも食べさせてやる！」

「……三食だけ？」

……あれ？　もしかして交渉の余地ありか、これ。

「望むなら間食もつける！　他にも研究が快適にできる大きな家も用意するし、掃除、書類の整理も全て負担しようじゃないか！」

「………………」

「マードリィ？　嘘ですわよね？　マードリィ？」

「エルフが必要なら、私たちエル・リスティア家が協力すると約束する！」

「もし魔法の研究をしているならば【賢者】である私の知恵も貸すと誓おう！」

「エルフォンさん……！　リュシカ……！」

勝負所だと踏んだ二人からの強力な後押し。

最初よりも遥かに条件が良くなった。

これならいける……！

「——ヒナ。さようなら。私はエルフたちのもとで生活する」

「さっきまでの格好良い啖呵はどこに行きましたの!?」

「……条件が違う。私は自分のしたい研究を快適にしたい」

そして、聞きたい言葉をマードリィから引っ張り出すことができた。

マードリィはヒナのもとを離れて、あっさりとこちら側の輪に入る。

警戒心がないのか、それとも興味がないのかよくわからない子だがとんでもない肝っ玉をしている奴(やつ)だ。

エルフォンさんたちもどう扱えばいいのか困惑しているようだ。

「……さて、ヒナ。これで君はここから出る手段を失ったけどどうする？　【エルフの宝樹】を燃やせば、【転移魔法】が使えない君だけが苦しむ結果になると思うけど？」

「くっ……くぅぅぅ……!!」

形勢は一気に逆転した。

ヒナは悔しげに何度もその場で地団駄を踏む。

「なんでこうなるんですの！　ヒナは魔王の娘ですのよ!?」

その姿は子供そのままで、まるで魔王の娘ではなく、ただの一人の少女に見える。

思い通りにいかない。消化できないいらだちを抱えたまま踏んで、踏んで……泣きそうな顔をこちらに向けた。

「どうしてですの、ジン様！　どうしてヒナのもとに来てくださらないのです!?」

「その答えは簡単だよ。相手の心を理解しようとしない者には誰もついていかないんだ、ヒナ」

「……相手の心？」

ここまでの彼女の敗因も今まさに俺が言ったことだ。

マードリィの心をきちんと理解しようとしなかったから、あっさりと裏切られた。

「そう。そして、相手を知るには対話が必要になってくる。力尽くで自分のものにするんじゃなくて、会話を重ねて相手を理解していくんだ」

「会話を重ねて……」

俺がレキたちを好きになったのも、レキが俺を好きになってくれたのも会話を積み重ねて相手の良いところも悪いところも全部知ったからだ。

自分の全部をさらけ出してもいい相手だと思えたから、こうして夫婦として一緒にいる。

「たとえ今の関係のまま俺が連れ去られたとしてもヒナを好きになることはない。断言できる」

「そう……なんですのね。なら、ヒナがすべきことは……」

彼女はゆっくりとこちらに歩み寄ってくる。

エルフたちが武器を構えるが、それを手で制して下ろさせた。

瞳を見ればわかる。

あれほど野心に燃えさかっていたのに、今はすっかりと鎮火していたから。

だから、レキたちも【聖剣】を構えずに彼女の接近を許した。

「……三人とも、ちょっと行ってくる」

「うん。ちょっとジンと会う前の私に似ているから」

「今までやってきたことは許せませんが……まだ子供ですからね」

「ジンの言っていた通り、余地はありそうだ。気にせず行ってきたらいい」

「……ありがとう」

結婚式をぶち壊しにされて怒っているだろうに、三人は許可をくれた。

彼女にやり直しのチャンスを与える許可を。

そういう懐の大きさが勇者パーティーの一員として【加護】に選ばれた素質なんだろうな。

「……ジン様は……ジン様もヒナが望んだならば会話をしてくれるのですか？」

「もちろん。いくらでも付き合うよ。それがたとえ魔王城でだったとしても」

「……それは本当ですか？　約束してくださいますの？」

「ああ、絶対だ。俺が生きている限り、破らない」

ポンポンと変わろうとしている彼女の頭をなでる。

「あっ……」

「まだヒナさんは小さいんだ。まだまだやり直せるよ」

「……やっぱりジン様は優しい御方ですわ」

……初めて。初めて彼女のありのままの微笑みが見られたような気がした。

「……ありがとうございました、ジン様。……ヒナはおうちでゆっくりと考えてみようと思います」

「いつでも王城に来るといい。ウルヴァルト様には言っておくから」

「それには及びませんわ。ヒナ、魔力感知でどこにいようともジン様の居場所を探り出すことができますので」

「そ、そっか……」

……あれ？　これ、もしかしてエルフの里の場所がバレたのって俺がいたからなんじゃ……。

そう考えると、本当に無事に事が終わりそうでよかった。

「エルフの里のみなさまも大変ご迷惑をおかけいたしましたわ。この場所は決して口外しませんので安心してくださいませ」

「……ああ。二度とこんなことはするんじゃねぇぞ」

　エルフォンさんも人の親だ。

　厳しい形相は鳴りを潜めて、子供を見守る笑顔へと変わっていた。

「マードリィ……あなたも魔王軍に必要な大切な人だったけど、こちらで達者にやりなさい」

「……うん。……私はさっきも言った。いちばん快適に研究できるならどこでもいいって」

「……それはつまり……」

「……そういうこと」

「……ありがとうございますわ！」

　どうやらこれはマードリィの移籍は期間限定で終わりそうだな。

　そう予感させる二人の別れの言葉だった。

「勇者パーティーのみなさまには……また今度にいたしますわ。なにせヒナも恋のライバルですので！　おーっほっほっほ！」

「むかつく」

「ませガキ」

「生意気」

「あなたたちだけあたりが厳しくありませんこと⁉　ま、まぁ、いいですわ！　それでは【勇者】さん。最後にけじめも兼ねて、一つお願いしたいことがあるのですが」

「……なに？」

「あなたの強烈な一撃で空まで吹き飛ばしてくださる？　それこそ天井を越えるくらいに」

「……ふっ、面白い」

ヒナの要望に目をパチクリとさせたレキは【聖剣】をクルクルと回して、大きく構えた。

彼女が何をしようとしているのかわかったのだろう。

ニヤリと笑っている。

「マードリィ。あなたの機械ならば地面にさえ刺されば地上へと出ることだって可能ですわよね？」

「……当然。私が作った機械を舐めないでほしい」

「それなら心配いりませんわね。さぁ、【勇者】。思い切り頼みますわよ……！」

「歯を食いしばっておいて」

そう告げると【聖剣】に光が集束していく。

【聖剣】は術者の感情の揺れによって力を大きく増幅させる【勇者】の武器。

きっと今は『喜』の感情をエネルギーにしているのだろう。

やがて集束した光が【聖剣】に輝きを与える。

「……準備できた。いくよ」

そう告げるとレキは【聖剣】を目いっぱい振りかぶって、ヒナの背中に直撃させた。

「天にて微笑む戦女神よ。眼前広がる全ての邪悪を無に還せ――【罪裁きの聖剣】！」

「みなさま、またお目にかかりましょう～！」

そう言い残して、ヒナは空へと飛び立っていった。

「……これで良い方向に変われたらいいんだけどな」

「大丈夫だと思う。魔王はちゃんと浄化できているから、正しく導くはず」

「レキが言うなら間違いないな」

くしゃくしゃと彼女の頭をなでる。

一時はどうなるかと思ったが、被害らしい被害はログハウスが潰れたくらい。

【エルフの宝樹】も守れたし、エルフも連れ去られることなく終わった。

今までの旅ならば無事に里を守ることができて、これで晴れて終わりとなるんだけど
……。

「さて……ヒナの件に関しては一件落着していい気分なわけだが」

「私たちはまだやり残していることがある」

「そうです！　子作りです！」

「ユウリ、ステイ。【エルフの宝玉】だろう？」

リュシカの言う通り、肝心の【エルフの宝玉】がまだ手に入っていないのだ。

燃やされそうになったのを未然に防いだんだから、一個くらい出してくれてもいいじゃないか。

……まぁ、それを言うなら危険を招いたのも俺なんだけど。

しかし、川遊びではリュシカのお腹(なか)を触ってイチャイチャしたし、三人のおっぱいにも溺れた。

ハグもしてみせたし、手の甲にキス、太もも枕、膝枕、耳たぶ弄(いじ)り……。

あんなに激しいキスまでしたのに出てくる気配が一向にない。

ここまで来ると、あの文献が間違っているんじゃないかと疑いたくなる。

ユウリの意見で、カルネアさんの見つけた文献は捏造(ねつぞう)品の可能性があるだけに。

「……父さん。本当に【エルフの宝樹】の前で純粋な愛を示せば出てくるのは間違いないんだよね？」

「あ、ああ、当たり前だろう!?　だから、きっとユウリちゃんの言う通り、子作り！　これが正解に違いない！」

「セクハラ親父（おやじ）。一回口を閉じているといい」

「はい……」

エルフォンさんは肩を縮こまらせて、存在感を小さくしていく。

あの時はまだ望みをかけていたが、今となってはもう何が正解なのかわからなくなってきた。

あくまで俺は指輪を作るためにならオーケーというスタンスなので、確証がない今の状況で三人とそういう行為はしたくないのが本音だ。

リュシカもあの文献を懐疑的に思い始めたから、エルフォンさんにあんな質問をしたのだろう。

うーむ。せっかくスッキリしたのにまた八方塞がり……と思っていると、【エルフの宝樹】の向こう側から聞き覚えのある声がたくさん聞こえてきた。

「パパ～！　ただいま～！」

「カシラ！　無事でしたかい！」

「ただいま戻りました、カシラ！」

カルネアさんとその旦那さんたちだ。

ユウリの言っていた通り、目が覚めた後に隠れていたのだろう。

【エルフの宝樹】の大きさは計り知れないほどある。

裏側に避難していたならば、ヒナにも気づかれなかったはずだ。

「おお！　無事だったか、てめぇら！」

「【エルフの宝玉】が出ないか待っていた時になぜか寝てしまっていて……起きたらログハウスの方で明らかに戦闘音が聞こえたから隠れていたの」

「……寝ていたのに関しては私じゃないとだけ言っておく」

話を聞いていたマードリィがちゃっかり自分ではないと主張していた。

視線がこっちに向いているし、間違いなくバレている。

……世の中には秘密にしておいたままの方がいいこともあるんだ。

小さく頭を振って返すと、コクリと彼女は頷いた。

さすが研究一筋。面倒くさいことに自ら首を突っ込む積極性がなくて助かった。

「……？　あなた、誰？」

「……マードリィ。元魔王軍」

「へぇ〜。でも、元ってことはここに住むのよね？　よろしく、マードリィ」

「……面白い女」

あっさり受け入れるあたり、さすが百人も旦那を持つカルネアさん。

こんな感覚でどんどん旦那さんを増やして、結婚したんだろうな。

そんな姿がアリアリと脳内に浮かんだ。

「小さくて可愛いわね……。パパ、この子、我が家で養いましょう」

「もとよりそのつもりだ。ジンくんたちには他に大切な任務があるからな。その間、俺たちが約束を果たそうじゃねぇか」

「やった！　じゃあ、さっそくお風呂に入りましょう。なぜかあなた土まみれだし」

「……うへぇ。お風呂嫌だ。やめろ。ひっつくな。暑い……」

マードリィもあれならすぐになじめるだろう。

カルネアさんに可愛がられる彼女の姿を見て、ホッと安堵する――と、そんなほっこりする気持ちを一気に冷えさせる声が後ろから聞こえた。

「……ゲイン、ただいま戻りました」

振り返れば、問題だらけのシスコンが立っていた。

だが、あの日のような元気はなく、体も汗と汚れにまみれている。

それこそマードリィに負けず劣らず。

「……父上。課せられた任務を果たしたので戻って参りました」

「……ああ、よく帰ってきた、ゲイン。……その顔つきを見るに収穫はあったみたいだな」

「はい……それを今から証明してみせます」

そう言うと、ゲインは視線を俺とリュシカに移す。

どうやらゲインの証明とやらには俺たち二人が必要らしい。

俺はリュシカの半歩前に出て、彼と向き合う。

「ま、待て、ゲイン！　それは後で俺の手から……！」

「あっ……ま、まずいわ！」

振り返るとなにやらエルフォンさんとカルネアさんがこそこそと話して顔を真っ青にしているがどうしたのだろう。

俺とゲインが再戦しないか心配しているのだろうか。

もちろん向こうがやる気なら、こちらも迎え撃つが。

対話？　俺のお嫁さんを馬鹿にする奴は絶対に許さん！

「……俺たちに何か用ですか？」

「ああ……昨日の謝罪をさせてほしい」

彼は後頭部を見せるように、直角に腰を曲げた。

「君の妻であるリュシカ・エル・リスティアを侮辱するような発言、本当に申し訳なかった」

その言葉だけで、ゲインに何か心境の変化があったのだと察することができた。

彼の変化を感じ取ったのは俺だけじゃない。

「兄さん……」

「昨日、君に殴られた俺は納得がいかなかったんだ。俺の方がリュシカを長く見守ってきているのに、長く愛しているのに。ずっとそんな気持ちが渦巻いていた。君も気づいていたんだろう？　俺が反省していないことに」

「……はい」

「それが父上にもバレていた。そして、俺に言い渡されたのが【エルフの宝樹】に隠れて、君といる時のリュシカを見ることだった」

そして今、この対応になったということは……ゲインは気づいたのだろう。

俺があの時、言った言葉の意味を。

「最初は父上も耄碌（もうろく）したのかと思ったよ。……だけど、すぐにわかったんだ。俺と君に向けるリュシカの笑顔が違うってことに」

何度も何度も記憶に焼き付くくらい見てきたからね、と彼は自嘲気味に笑った。

「君の言った通り、俺よりも深い愛を注いでいたのは君だったんだ。君と一緒にいる時のリュシカは本当に心から楽しそうで、見ているこっちにまで幸せなんだなと伝わってきたくらいだよ」

「……に、兄さん……？　そこまでにしてくれないかな？　あんまり語られるのは恥ずかしいから……」

「なら、やめておこう。……ともかく、見事に完敗した俺はその瞬間から一心不乱に掘って、掘って、掘り続けて……ついに見つけたんだ。二人の結婚を祝福するにふさわしいものを」

そう言って、彼はポケットからちょうど瞳ぐらいの大きさの宝石を一粒取り出した。

「だから、君にこれを贈ろう。リュシカをよろしく頼んだぞ――婿殿」

「……！　ありがとうございます、ゲインお義兄（にい）さん」

差し出した手のひらに、彼が置いてくれたのはキラキラと輝きを放つエメラルドグリーン色の宝石。

「……兄さん。私からもありがとう……！」

「礼を言われることでもないさ。むしろ今までの贖罪（しょくざい）を考えれば、まだ足りないだろう」

「それでも私は嬉（うれ）しい。これって、なんの宝石なの？」

「ああ、それは【エルフの宝玉】と呼ばれるエルフの里で最も有名な宝石だ」

「「「……え？」」」

俺とリュシカだけじゃなく、後ろでジッと聞いていたレキとユウリまで声が重なった。

「リュシカ。婿殿に幸せにしてもらうんだぞ」

「ちょ、ちょっと待ってほしい、兄さん。どうして兄さんが【エルフの宝玉】を？　純粋な愛を示さないと手に入らないんじゃ……」

「何を言っているんだ？　【エルフの宝玉】は【エルフの宝樹】の根元に溜まった魔力が結晶化したものだぞ」

「え……？　そうなのかい……？」

「ああ、俺はリュシカたちの結婚を認めた後、ずっと根元を掘っていたんだ。婿殿との結婚に必要になるからと聞いていたのでな。父上とカルネア姉さんも【エルフの宝玉】について知っているはずだが教えてもらわなかったのか？」

バッと二人へ視線をやると、エルフォンさんもカルネアさんもそろりと逃げ出そうとしているところだった。

「やばい！」

「逃げろ！」

「ゴー！　レキ！」

「ラジャー」

目が合った瞬間、駆け出そうとしたが【勇者】の加護を持つレキには当然勝てず、捕まった二人は縄で縛られている。

「さぁて、お二方。どういうことか、説明してもらいましょうか」

「なぜあんな嘘をついてまで、私たちをハメよう……もといハメさせようとしたのか」

「だ、だって、早くリュシカの子供が見たかったんだ！　あの奥手のリュシカだぞ⁉　俺たちが背中を押してやらないと、いつになるかわからないし……」

「そうよ！　サクッとやったらもっと仲良くなるだろうと思って……一押しをしたの！」

「……それであんな偽物の文献まで作って？」

「そ、そうだ、カルネア！　お前が変な文章を付け加えなかったらこんな風にはバレなかったんだぞ！」

「パパが最初にリュシカとジンくんがくっつくように指定しなかったのが悪かったんでしょう⁉　こんな奥手コンビ、もっと強引なくらいでよかったのに！」

「なにおう⁉」

「なによ！」

「――二人とも。喧嘩は終わったかい？」

「「ひっ」」

リュシカは縄を摑んで二人を運ぶと、重ねるようにして置いた。

「……レキ。もう一発よろしく」

「了解」

ブン！　ブン！　と【聖剣】が豪快に空を切る音が聞こえる。

先ほどヒナが飛んでいったのを思い出したのだろう。

二人の顔色はみるみるうちに青ざめていく。

「大丈夫ですよ。たとえどんな怪我をしようとも私がいる限り治せますからっ」

「全く安心できないわよ!?」

「ん……温まってきた」

グルグルと肩を回して、絶好調をアピールするレキ。

「ま、待ってくれ。ほら、さっき会話が大事だって話をしたばかりだろう!?　俺たちに必要なのも会話だ！　会話！」

「問答無用！」

「やっちゃえ、レキちゃん！」

「ヒナより遠くまで飛ばしてしまえ！」

「ん。任せて」

ヒナの時の倍はある輝きをまとった【聖剣】が積み重なった二人のお尻に当たるように振り下ろされる。

一瞬の静寂。

スイングの速さに置いていかれた音が、遅れてパァンとはじける。

「――エクスカリバァァァァァ！」

「うぁぁぁぁぁぁっ！」

「きゃぁぁぁぁぁっ！」

二人の悲鳴が聞き取れたのは一瞬で、遥か彼方に星となって消えていく。

この後、二人はなぜか顔を土まみれにして帰ってきた。

これは後日、ゲインお義兄さんからの手紙で知ったことだが、エルフの里にエルフホームランという新しい娯楽が流行り出したらしい。

Epilogue エピローグ

いろいろとあったものの無事に【エルフの宝玉】を手に入れた俺たちはつかの間の休息を得ていた。

レキとユウリは買い物に出かけている。

エルフの里へ行く際にウルヴァルト様からもらったお金を使わなかったので、王都でたくさんご飯を食べるらしい。

そして、俺はリュシカの太ももの間にすっぽりと挟まっていた。

「……ジン、本当にこれが好きだね。そんなに気持ちいいのかい？」

「……ああ、これがいいんだ」

リュシカの太ももはもっちりムチムチで、とても幸せな気分だった。

エルフの里以来、すっかり俺はこれにハマってしまっていた。

あまりにもいたる場所で俺が太もも枕をするので、最近ユウリも太ももムチムチ化計画を動かし始めたらしい。

今日、レキのご飯に付き合っているのはそのためだ。

ただでさえ胸もムチムチなのに太ももまでムチムチになったら全身ムチムチの柔らか人間になってしまう。

リュシカは太ももがムチムチもっちりな分、胸が小さいからバランスが取れていていいのだ。

「……ねぇ、ジン」

「ん？　なんだ？」

「いま私の胸が小さいとか思った？」

いつの間に読心できる魔法ができたのだろうか。

そういう情報はもっと早く教えてほしいものである。

「……いいや？　俺は小さいのも好きだよ」

「そうか、それならいい——待て。それは小さいと認めたのも同義じゃないか？」

しまった……！

いつものフォローするくせが無意識に出てしまった。

「そんな酷(ひど)いことを言うジンには罰を与えないといけないね」

「……甘んじて受け入れます」

「それなら……」

チュッと頬に柔らかな感触が触れる。

……俺が太もも枕にハマったように、リュシカもまたキスにハマってしまっていた。

もちろんレキとユウリがいる前では戦争になるのが目に見えているのでしないが、こうして二人きりでいると隙を見つけてはするようになった。

……面白いのはこんなにしているのに、まだ本人に照れが残っていることである。

今だって表情こそ取り繕っているが、いつも通り耳までは隠せていない。

「ん？　どうかしたかい？」

「いや……やっぱりリュシカは可愛いなと思って」

「……おだてても何も出ないよ？」

「そういうつもりで言ったわけじゃないから」

ぎゅむぎゅむと太ももから掛けられる圧力が少しだけ強くなった。

さっそくサービスしてくれるあたり、胸の内ですごく喜んでくれているらしい。

本当はこのまま太もも沼にズブズブと浸かっていたいが、それだと本当にダメ人間になってしまう気がするので起き上がる。

「もういいのかい？」

「これ以上やってたら一日中、そこから動かない気がするから」

「それはいけないね。怠けて、太ったジンは見たくないな」

俺だってそんな姿は見せたくない。

だから、今日も鍛練に励むのだ。

「そろそろ帰ってくるはずだけど……」

「あっ、帰ってきたみたいだよ」

二人の足音を捉えたのか、ピコピコと動くリュシカの耳。

触りたい衝動に駆られたがドアが開いたので断念する。

それに耳たぶを触るとリュシカにスイッチが入ってしまうので、あの日以来触らないように我慢していた。

「ただいま」

「……戻りました……うっぷ……」

顔色が対照的な二人。

たくさん食べられて満足なレキはとても顔色が良い。

自分の許容量以上を胃に詰め込んだのであろうユウリの顔は青を通り越して真っ白だった。

ずっと口元とお腹に手を当てているあたり、相当頑張ったのだろう。

俺のせいで無理をさせるのも心苦しいので、やめるように言おうか。

……というのも前にも増して、ユウリのアピールが激しくなっていた。

それも彼女らしさというか……余裕のないものが。

以前までの彼女ならこんな風に自分の体を改造するような真似は絶対にしなかった。

「ジン。打ち合い稽古、行こう」

「……わかった。リュシカ、ユウリを頼んだ」

「ああ、任せてくれ」

「ジ、ジンさん……帰ってきたら、私がっ……ふぅ。太もも枕してあげますからね」

「ユウリ、無理しなくていいからゆっくり休んでおいてくれ」

「ふふっ、ジンさんは優しいですね。だ、大丈夫です。私の太ももにもうっぷ……おろろろろ」

「ユウリぃぃぃぃ!!」

……やっぱり今度じっくり二人で話し合う必要があるな。

そう決意した俺はビチョビチョになったユウリをシャワールームへと抱えて運ぶのであった。

Life Sub-4

Yuusha Party wo KUBI ni natta node Kokyou ni Kaettara, MEMBER ZENIN ga TSUITEKITA n daga

お父様の部屋への足取りが重くなったのは生まれて初めてですわね。

けれど、同時に心は軽やかですわ。

エルフの里でジン様たちとの話し合いを経たヒナは変わりましたの。

少なくともあの方たちはヒナの瞳を見て、お話をしてくれました。

どうすれば勇者パーティーのように、互いに愛を抱ける関係になれるのかを。

ヒナはどれも有していませんでした。

相手を思いやる心も。寄り添ってあげる優しさというのも。

本音を言えば、今もまだよくわかっていない部分もあります。

今まで全く考えたこともないことでしたから。

だから、ジン様にヒナを好きになってもらうためにもヒナは学ばなければなりません。

そして、魔族の中でそれを正しく知っているのは、何の因果か【勇者】によって浄化されたお父様のみ。

ですから、ヒナはこの道を避けることはできません。

あれだけ罵って、勝手に飛び出したあげく大切な幹部を一人失って、今さら手のひら返しをして……お父様には怒られて当然ですわね。

「……覚悟はできましたわ」

全て甘んじて受け入れましょう。

すぅ……と一つ、大きく息を吸ってヒナは扉をノックして入った。

お父様は相変わらず慣れない書類仕事に忙しそうで机にかじりついていました……が、部屋に入ってきたのがヒナだとわかると椅子が倒れるくらいの勢いで立ち上がりました。

「ただいま戻りましたわ、お父様」

「……おかえり、ヒナ。よく帰ってきたね」

それは決してよくおめおめと帰ってきたなという皮肉ではありません。

【勇者】に浄化されてからヒナが忌み嫌っていた、とても優しいお父様の声音。

ヒナは心配されていた。心配してもらえていた。

それを理解したヒナは気がつけば頭を下げていました。

「ごめんなさい、お父様。これまでのヒナの振る舞いをお許しください」

「………ヒナ」

「……はい」

「……なにか変なものでも食べたのかい？」

　返ってきた言葉は予想していた罵詈雑言ではなかった。

　思わずキョトンとしていると、お父様がこちらに駆け寄ってヒナの体に異変がないか、あちらこちらをペタペタと触って調べてくる。

「……うん、異常はなさそうだ。でも、どうしてこんなに土まみれなんだい？　せっかくの洋服が台無しじゃないか」

「……お父様」

「なんだい？」

「ヒナのこと、怒りませんの？」

　それはヒナにとって至極当然の疑問だった。

　もしヒナがお父様の立場だったら、バチボコに怒ってクビをはねているかもしれません。

　勝手に行動をして、それくらいの損失を魔王軍に与えてしまいましたから。

「私が怒るようなことをしたのかい？」

「マードリィを連れていったのですが、彼女は勇者パーティーの子になりましたわ」

「へぇ、そうなん……えぇっ⁉　それはちょっと困るな……」

でも、とお父様は続ける。

「ヒナが無事に帰ってきて嬉しい。そっちの気持ちの方が大きいんだ」

大きな手で頭をなでられる。

今のヒナはこんなにも汚れているのに、意に介した様子もなく。

……なるほど。

これが本当の意味での優しさ。

他者に与えられる温かさ。

ジン様たち人間にあって、これまでのヒナが切り捨ててきたもの。

「パルルカもすごく心配していたよ。ヒナの姿がどこにも見当たらないから、今度は一人で勇者のもとへ行ってしまったんじゃないかって」

「……あとでパルルカの部屋に行って謝っておきますわ。今後、二度とこのようなことをしないとも誓っておきます」

「おや、いいのかい？　聞いた話だと、なんでも勇者パーティーのジンとかいう男にゾッコンらしいじゃないか」

「……お父様、怒っています？」

「いいや、別にぃ？　ヒナには怒っていないよ」

その割にはすごく怒気があふれているような……。

これに関しても勉強でしょう。

今のお父様は【罪裁きの聖剣（エクスカリバー）】に浄化されたことによって思考が人間寄りになっていますから。

ヒナは人間の習慣も、何もかも知らないのですからしばらくは学びの日々になりますわね。

そのためにはお父様に話さなければなりません。

ヒナが【勇者】たちとの会話で何を感じ取ったか。

そして、これから何をしたいのかを。

「……お父様。一つお願いがあります」

「なんだい？　できる限りのことならしてあげよう」

「ヒナに……人間と仲良くする方法を教えてくださいまし……！」

ヒナお嬢様の帰還の知らせを受けて、私はすぐに魔王様のもとまで飛んでいった。
「ヒナお嬢様ぁ！　どこに行っていたんですか!?　私が回復するまで待っていてくださ

いよ!!」

「ちょっとジン様のところに。……それとごめんなさい、パルルカ。たくさん心配をかけてしまったわね」

「……!? 誰だ、貴様!? ヒナお嬢様を騙る（かたる）とは、絶対に許さない……！」

「正真正銘、ヒナ・ラリュエルですわよ!!」

私がこうして私としての自我を保てているのは、あの時ヒナお嬢様が【勇者】の攻撃からかばってくれたからだ。

その矢先にヒナお嬢様からは想像できない言動だったので、つい偽物を疑ってしまったが魔王様によると本当にヒナお嬢様ご本人らしい。

なんでも私の知らない間に勇者パーティーたちとの関係に変化があったらしく、人間と仲良くなりたいと魔王様にお願いしたとのこと。

「ヒナお嬢様が本当のそのようなことを……？」

「ああ、私も未（いま）だに信じられないよ。まさかあのヒナがね」

魔王様はニコニコと喜色満面といった感じだ。

当の本人は退室を促され、大浴場にて汚れを落としに行っている。

しかし、それほどまでにヒナお嬢様の中で価値観が大きく変わる出来事があったとは……。

くっ……詳細に知っていそうなマードリィはなぜか勇者パーティーたちのもとへ残ったらしく、謎が残るばかりでモヤモヤする。

「そういう意味では今代の勇者たちに感謝しないといけないね。娘の命を失わずに、新たな魔族の未来を切り開けそうなのだから」

魔王様が勇者に感謝を述べている。

そんな言葉を魔王様から聞けば、どれだけの魔族が驚愕するだろうか。

実際に魔王軍の中で今の魔王様に対する不満は日に日に高まっている。

ヒナお嬢様を担ぎ上げて、革命まで起こそうとしているという情報もあった。

だが、私はきちんと魔王様の行動の意味を理解している。

これ以上同胞を失わせないために魔王様は努力をしているのだ。

【勇者】に魔族最強である魔王様が負けたのならば、これ以上の抵抗は無駄だということを魔王様はしっかり受け入れていた。

なにせ今の【勇者】は若く、その力は信じられないことに未だ最盛期ではない。

魔族の中に彼女に匹敵する実力の持ち主はいないのだから、共存の道を選択するのは何らおかしくない。

「だけど、そのためには乗り越えなければならない壁が多い」

「私たち淫夢魔族(サキュバス)は魔王様、ひいてはヒナお嬢様の歩まれる道についてまいります」

「ありがとう。だから、パルルカ。君には安心して、ヒナを任せられるんだ」

「身に余る光栄でございます」

淫夢魔族はその種族の特性上、人間なくしての生活は不可能に近い。

彼らからの精気の味を覚えてしまった今、クソマズいオークなどには戻れないからだ。

だから種族として、人間と共存を目指す魔王様に賛同している数少ない一派が私たちである。

「そこでパルルカ。君は人間の心理にも長(た)けていたね？」

「はい。時には戯れで人間に扮装(ふんそう)することもありますので……」

特に童貞を狙う際にはよくそうする。

淫夢魔族の中では処女を装って純情な童貞に近づき、正体をばらして泣きわめく姿を見ながら精を狩るのが流行だった。

「ならば、しばらくヒナの教師役を頼めるかな。娘に人間について教えてあげてほしい」

「もちろん構いませんが……魔王様が教えなくてよろしいのですか？」

「ああ、私には他にやるべきことがある。そして、君を呼んだのもそれについて話しておきたかったからだ」

魔王様の纏う雰囲気が一気に重くなる。

浄化されたとはいえ、未だその実力は健在だ。

これからは口外してはいけない、本当に大切な話ということだろう。

「これは当然の話だが、私たち魔族は人類と共存するためには人を殺しすぎた。人類だけじゃない。その他の敵対する種族全てにおいて言える話だ」

「……仕方ありません。やらねばやられる。そのような時代が続きましたから」

「事実は事実だ。そして、私たちは敗北した。そんな敗者が今さら共に生活したいとお願いしたところで、はねのけられるのが常だろう」

当然の帰結だ。

敗者は勝者の言うことに従うのみ。

文句の一つだって許されない。蹂躙を受け入れなければならない。

それが戦争のルール。

「だが、ここに来て光明が見えた。幸いにも今代の勇者たちは魔族に対して、とても理解がある」

「ヒナお嬢様のお話が事実である以上、大切な結婚式を台無しにされても寄り添う選択肢をした勇者たち……確かにそうですね」

「そうだ。特にそのジンという男がいれば、ヒナも邪険には扱われないだろう」

「そして、勇者たちの進言があれば……」

「下手(へた)に手は出せない。それほど私の討伐に成功した勇者たちの人気は絶大だからな。もっとも私が負けなければこんな風に悩むこともなかっただろうがな、アッハッハ！」

「……笑えません、魔王様」

「む、そうか。……だが、それだけでは足りないだろう。そこでもう一押しする必要があるが……時にパルルカ。どうして異なる六種族が力を団結させることができたと思う？」

「……魔王様という強大な敵がいたことでしょうか」

「その通りだ」

各種族だけではいずれ遠くない未来に滅ぼされると彼らは判断した。

だから、力を合わせて魔王軍に対抗する道を選んだ。

結果として、それは成功だったと言える。

長い、長い戦いを耐え続け、勝利という結果を得たのだから。

「共通の敵がいたからこそ、協力ができた。今度はその輪の中にヒナを入れさせる」

「……そのようなことが可能なのですか？」

「ああ、いるじゃないか。ちょうどここに」

「……魔王様。まさか……」

「あぁ……これは決して悪意じゃない。ただ純粋なる娘の幸せを願う父としての気持ちで動いているだけ」

「しかし、それではヒナお嬢様が悲しまれます！」

「それでも、だよ。パルルカ」

「…………！」

間違いなく【魔王】としての圧が部屋中を支配する。

世界を恐怖に陥れ、数多の命を葬り去ってきた【魔王】が目の前にいた。

「娘の願いを叶えてやるのが、不出来な父ができる娘への役目だよ」

そう言って、魔王様は朗らかに笑った。

Afterword あとがき

おはこんにちこんばんおっぱい！（死にかけ）

みなさま、お買い上げありがとうございます。年末年始も働きづくしの木の芽です。

今回はリュシカ巻で、彼女とのイチャイチャを多めに書かせていただきました。

一番苦労したのはキスシーンですね。なにせ、あんな情熱的なキスをした経験がないもので……え？　そんな情報はいらない？　童貞で大変失礼いたしました。

本当はもっともっと語りたいことがあるのですが、今回はあとがきページが少ないので謝辞に移らせていただきます。

担当編集のN様。自分に付き合わせて年末年始までお仕事させてすみませんでした！

イラスト担当の希先生。口絵のユウリが最高に最高でした（語彙力）。どうして着衣水着ってあんなにエッチなんでしょうね……。今年の研究テーマにしたいと思います。

校正者様、デザイナー様、印刷会社様。まとめてとなりますがありがとうございました。

そして、当然読者のみなさまにも最大限の感謝を。

今年の目標は次こそのんびりとした年末年始を送る、です。それって来年の目標じゃね？　とか言い出す口は塞ぎます。雄っぱいで。

それではまた次巻でお会いしましょう。以上で締めさせて頂ければ。

勇者パーティーをクビになったので故郷に帰ったら、メンバー全員がついてきたんだが２

著　木の芽

角川スニーカー文庫　24057

2024年３月１日　初版発行

発行者　山下直久

発　行　株式会社KADOKAWA
〒102-8177 東京都千代田区富士見2-13-3
電話　0570-002-301（ナビダイヤル）

印刷所　株式会社暁印刷

製本所　本間製本株式会社

◇◇◇

●お問い合わせ
https://www.kadokawa.co.jp/（「お問い合わせ」へお進みください）
※内容によっては、お答えできない場合があります。
※サポートは日本国内のみとさせていただきます。
※Japanese text only

Printed in Japan　ISBN 978-4-04-114702-3　C0193

★ご意見、ご感想をお送りください★

〒102-8177 東京都千代田区富士見 2-13-3
株式会社KADOKAWA　角川スニーカー文庫編集部気付
「木の芽」先生「希」先生

角川文庫発刊に際して

角川源義

第二次世界大戦の敗北は、軍事力の敗北であった以上に、私たちの若い文化力の敗退であった。私たちの文化が戦争に対して如何に無力であり、単なるあだ花に過ぎなかったかを、私たちは身を以て体験し痛感した。西洋近代文化の摂取にとって、明治以後八十年の歳月は決して短かすぎたとは言えない。にもかかわらず、近代文化の伝統を確立し、自由な批判と柔軟な良識に富む文化層として自らを形成することに私たちは失敗して来た。そしてこれは、各層への文化の普及滲透を任務とする出版人の責任でもあった。

一九四五年以来、私たちは再び振出しに戻り、第一歩から踏み出すことを余儀なくされた。これは大きな不幸ではあるが、反面、これまでの混沌・未熟・歪曲の中にあった我が国の文化に秩序と確たる基礎を齎らすためには絶好の機会でもある。角川書店は、このような祖国の文化的危機にあたり、微力をも顧みず再建の礎石たるべき抱負と決意とをもって出発したが、ここに創立以来の念願を果すべく角川文庫を発刊する。これまで刊行されたあらゆる全集叢書文庫類の長所と短所とを検討し、古今東西の不朽の典籍を、良心的編集のもとに、廉価に、そして書架にふさわしい美本として、多くのひとびとに提供しようとする。しかし私たちは徒らに百科全書的な知識のジレッタントを作ることを目的とせず、あくまで祖国の文化に秩序と再建への道を示し、この文庫を角川書店の栄ある事業として、今後永久に継続発展せしめ、学芸と教養との殿堂として大成せんことを期したい。多くの読書子の愛情ある忠言と支持とによって、この希望と抱負とを完遂せしめられんことを願う。

一九四九年五月三日